講談社文庫

刃傷

奥右筆秘帳

上田秀人

講談社

目次

第一章　殿中法度　7
第二章　忍の系譜　72
第三章　筆の団結　137
第四章　評定の闘い　211
第五章　謀《ぼう》の交錯　273

奥右筆秘帳

刃傷

◆『刃傷──奥右筆秘帳』の主要登場人物◆

立花併《たちばなへい》右衛《え》門《もん》　奥右筆組頭《おくゆうひつくみがしら》として幕政の闇に触れる。麻布《あざぶ》箪笥《たんす》町《まち》に屋敷がある旗本。

柊《ひいらぎ》　衛悟《えいご》　立花家の隣家の次男。併右衛門から護衛役を頼まれた若き剣術遣《つか》い。

瑞紀《みずき》　併右衛門の気丈な一人娘。

大久保《おおくぼ》典膳《てんぜん》　涼天覚清流《りょうてんかくしんりゅう》の大久保道場の主。剣禅一如《けんぜんいちによ》を旨《むね》とする衛悟の師匠。

徳川家斉《とくがわいえなり》　十一代将軍。御三卿一橋《ひとつばし》家の出身。大勢の子をなす。

松平《まつだいら》　越中守《えっちゅうのかみ》　定信《さだのぶ》　奥州白河《おうしゅうしらかわ》藩主。老中として寛政《かんせい》の改革を進めたが、現在は溜間詰《たまりのまづめ》。

一橋民部卿《みんぶきょう》治済《はるさだ》　権中納言《ごんのちゅうなごん》。家斉の実父。大御所《おおごしょ》就任を阻んだ定信を失脚させた。

太田備中守《おおたびっちゅうのかみ》　資愛《すけよし》　老中。十代将軍家治《いえはる》の世継ぎだった家基《いえもと》急死事件に疑念をもった。

西方内蔵助《にしかたくらのすけ》　目付《めつけ》。旗本の監察役で、併右衛門の殿中刃傷事件を追及する。

加藤仁《かとうに》左《ざ》衛《え》門《もん》　併右衛門と同役の奥右筆組頭。

柊　賢悟《けんご》　衛悟の兄で、評定所与力《ひょうじょうしょよりき》。

八田庫助《はったこすけ》　藤林喜《ふじばやしき》右衛《え》門《もん》に率いられる伊賀者《いがもの》同心。殿中で併右衛門を斬りつける。

冥府防人《めいふさきもり》　鬼神流《きじんりゅう》を名乗る居合い抜きの達人。大太刀で衛悟の前に立ちはだかる。

絹《きぬ》　冥府防人の妹。一橋治済を〝御前〟と呼び、寵愛《ちょうあい》を受ける甲賀《こうが》の女忍《おんなしのび》。

村垣源内《むらがきげんない》　家斉に仕えるお庭番《にわばん》。根来流《ねごろりゅう》忍術の遣い手。

覚蟬《かくぜん》　上野寛永寺《かんえいじ》の俊才だったが、公澄法親王《こうちょうほっしんのう》の密命を受け、願人《がんにん》坊主に。

第一章　殿中法度

一

奥右筆《おくゆうひつ》の執務開始は、朝五つ（午前八時ごろ）と決められている。

「本日は、ずいぶんとお早い」

立花瑞紀《たちばなみずき》が、いつもより半刻《はんとき》（約一時間）ほど早く、登城しようとしている父併《へい》右衛門《えもん》に首をかしげた。

「ちと昨日やり残した仕事があってな」

娘の顔を見ずに、併右衛門は玄関を出た。

「いってらっしゃいませ」

大門まで見送りに来た瑞紀に、背中を向けたまま手をあげて、併右衛門は屋敷を出た。

「御出立《ごしゅったつ》うううう」

屋敷に残る中間《ちゅうげん》が大声を張りあげ、併右衛門が役目で登城するのを近隣へと報《しら》せる。無役の旗本が増え続けていくなか、なんとか役職にありつけた家の自慢であった。

「みょうなお父さま」

背中を見送りながら、瑞紀が呟《つぶや》いた。

昨夜遅く隣の柊《ひいらぎ》家から帰って以来、併右衛門の態度がおかしくなっていることに、瑞紀は気づいていた。

「後ほど、衛悟《えいご》さまへ、問うてみましょう」

独りごちた瑞紀が、門番代わりの中間へうなずいて見せた。

「へい」

きしむような音を立てて、大門が閉められた。

「もうお出かけか」

出立の声にあわてて出てきた柊衛悟は、すでに併右衛門の姿が小さくなっているのを見て、嘆息した。

奥右筆組頭《くみがしら》という、幕府すべての書付《かきつけ》を差配《さはい》する役目である併右衛門が、田沼山城守意知《たぬまやましろのかみおきとも》の刃傷《にんじょう》にかかわる秘事を知って襲われて以来、衛悟は警固役《けいごやく》に雇われていた。もっとも約束は下城のおりだけなのだが、雇い主の出勤を見送らないわけにもいかず、衛悟はここ最近、朝の挨拶《あいさつ》をするようにしていた。

「衛悟さま」

併右衛門の後ろ姿を見送っていた衛悟へ、潜《くぐ》り門《もん》から顔を出した瑞紀が声をかけた。

「こ、これは……瑞紀どの」

振り返った衛悟は、うろたえた。

「どうかなされましたか」

衛悟の態度を、瑞紀がいぶかしんだ。

「いや、なんでもございませぬ」

あわてて、衛悟は首を振った。

昨夜、衛悟は併右衛門から瑞紀の婿《むこ》として迎えると言われていた。

衛悟と瑞紀は幼なじみであった。隣り合った屋敷の子供として、衛悟と瑞紀は小さなころよく一緒に遊んだ。しかし、子供は成長していく。年々男女の差があきらかになっていくにつれ、二人きりで遊ぶことはなくなっていった。やがて、同じ二百俵だった併右衛門が奥右筆から組頭へと出世、禄高《ろくだか》も五百石になったことで、両家の交流はほとんど途絶《とだ》えた。

併右衛門から警固の仕事をもらって、ふたたび立花家へ出入りするようになった衛悟は、美しくなった瑞紀に、息を呑《の》んだ。

しかし、二百俵の評定所与力《ひょうじょうしょよりき》、その次男坊でしかない衛悟と、五百石奥右筆組頭の一人娘では格が違った。

奥右筆組頭は、勘定吟味役《かんじょうぎんみやく》の次席と、身分はさして高くないが、幕府すべての書付を作成し管理するだけに、巨大な権を持っていた。どの書付から通すかを決められるだけでなく、老中たちの諮問《しもん》を受け、内容の適否について意見を述べられるのだ。

力には見合う利権がついてくる。諸役人、大名たちは、己《おのれ》の出した書付を無事認可させてもらうため、奥右筆組頭へ付け届けをかかさない。奥右筆組頭の屋敷には、音物《いんぶつ》が山と届けられ、内証《ないしょう》は数千石の旗本にまさっていた。

対して、柊家は三代にわたる小普請《こぶしん》から、ようやく衛悟の兄賢悟《けんご》が抜け出したばかりで、役目も家格からいけば、かなり低い評定所与力でしかない。しかも、衛悟はその弟、世に言う冷や飯食いなのだ。

旗本の次男ほど哀れなものはまずなかった。

次男は、長男が成人し、嫁を取り、子をなすまでお控《ひか》えさまとして、実家に残された。三男以降が、さっさと養子に出て行くのを尻目に、次男は実家で兄の死を待つという酷薄な状況に置かれる。そして、無事に兄の子ができたとき、次男はお控えさまから、厄介叔父《やっかいおじ》へと落とされた。なまじ年齢を重ねたため、養子の先も少なくなっており、その多くが、生涯を実家の片隅で、娶《めと》ることもなく、家臣扱いとして生涯を過ごすことになった。

衛悟はその典型であった。

その衛悟が、高嶺の花であった瑞紀の婿として立花家へ迎えられることになったのだ。もちろん、一連の騒動が終わってからとの条件は付いていたが、夢のような話であった。

「衛悟さま」

瑞紀の声に重さが加わった。

「な、なんでござろう」

思わず衛悟は、引いた。

幼なじみであったころから、瑞紀は強情であった。

「昨夜、なにがございましたので」

迫る勢いで瑞紀が近づいてきた。

「今朝《けさ》方から、父のようすもみょうでございました。さらに衛悟さままでおかしい。またぞろ、危ないことでも考えておられるのではございませぬでしょうね」

瑞紀が一歩近づいた。

「そのような……」

衛悟は否定した。

かつて、何度も衛悟は併右衛門の供をして、夜分に松平《まつだいら》越中守《えっちゅうのかみ》定信《さだのぶ》の屋敷や、御《ご》前《ぜん》と呼ばれる人物のもとへ出向いていた。そしてそのたびに、命がけの戦いをしてきた。

なかには、瑞紀がさらわれるという最悪の事態もあった。かろうじてくぐり抜けてきたとはいえ、いつも死と隣り合わせであった。

「まことでございますならば、お話しいただけましょう」

さらに半歩瑞紀が近づいた。

「……………」

瑞紀の着物に焚《た》き込められた香の匂《にお》いが、衛悟を一層《いっそう》落ち着かなくさせた。

「詳細は、お父上さまからお聞きくだされ。拙者《せっしゃ》は、道場へ行かねばなりませぬゆえ」

数歩さがった衛悟は、一礼して逃げ出した。

「……衛悟さま」

衛悟の態度に、瑞紀がさみしげな顔をした。

登城した併右衛門は、奥右筆に与えられている下部屋で、他の面々がそろうまでときを潰《つぶ》していた。

仕事を持ち帰ることはしても、早出はあまり歓迎されないのが、幕府役人たちの慣習であった。

早出は、一人仕事をしていますとの示威とされ、仲間から好ましからざる目で見られるからである。

奥右筆といえども、出世競争のなかにあった。

併右衛門も奥右筆組頭からもう一枚上を狙っていた。しかし、幕府の役職の数には限りがある。誰もが、役目を欲しがり、さらなる出世を望んでいる。己の才覚だけではどうにもならないのだ。となれば、同僚や上役の足を引っ張るのも、出世のためには要《い》りようとなる。一人目立つようなまねをすれば、そこにつけこまれた。

「これは、ずいぶんお早い」

下部屋の襖《ふすま》を開けて、同役である加藤仁左衛門《かとうにざえもん》が入ってきた。

「お早うござる」

併右衛門が挨拶を返した。

「どうかなされたのでござるか」

持ってきた弁当などの私物を、下部屋の片隅へ置いた加藤仁左衛門が問うた。

「いや、娘の顔を見れませぬでな。つい、屋敷を出てしまいました」

「お娘御《むすめご》の……」

加藤仁左衛門が首をかしげた。

「ちょうどよい。加藤どのにお願いいたそう」

「なんでござる」

腰を下ろした加藤仁左衛門が訊《き》いた。

「じつは、我が家の娘の婚姻《こんいん》が整いましてな。そのお届けの書付を、加藤どのにお願いいたしたい」

少し頬《ほお》をゆがめながら、併右衛門が述べた。

「それはおめでとうござる。よろこんで書かせていただこう」

加藤仁左衛門が首肯《しゅこう》した。

「で、お相手はどこのお方か」

「隣家柊の次男でござる」

「……お隣の柊どの……」

わからないと加藤仁左衛門が首をかしげた。

「ご存じなくとも当然でござる」

併右衛門が述べた。

「二百俵の評定所与力が弟でござれば」

「それは……」

聞いた加藤仁左衛門が息を呑《の》んだ。

「失礼を承知で申しあげるが、立花どのならば、千石の家柄からでも迎えられましょうに」

奥右筆組頭に伝手《つて》を求める者は多い。それこそ、多少の身分差など気にすることなく、娘を嫁へ出す高禄旗本などいくらでもあった。

「いろいろございましてな。なかなか見どころのある若者でござる」

苦笑を併右衛門が浮かべた。

「いや、失敬なことを」

加藤仁左衛門が詫《わ》びた。

「お気になさるな」

併右衛門が手を振った。

「それで早くに出てこられたので」

「さようでござる。有《あ》り様《よう》は、昨夜、娘に相談せず、勝手に婿の話を決めてしまいましたのでな。ちょっと顔が見づらく、屋敷におるのが気詰《きづ》まりで」

「なるほど。わかりまする。わたくしも、娘を嫁へ出したときは、めでたいのやら、悲しいのやらわからぬ気持ちになりもうした」

笑いながら加藤仁左衛門が同意した。

「おはようございまする」

刻限《こくげん》が来たのか、配下の奥右筆たちが、下部屋へぞくぞくと集まってきた。

「参りましょうか」

併右衛門が立ちあがった。

「はい。本日も忙しくなりましょうからな」

加藤仁左衛門も同意した。

二

伊賀者同心八田庫助《いがものどうしんはったこすけ》は、番方組士《ばんかたくみし》の風体で、江戸城表、奥右筆部屋に近い廊下の奥にたたずんでいた。

「まだか」

八田は焦《あせ》っていた。

伊賀者同心組頭の藤林喜右衛門《ふじばやしきえもん》から、併右衛門を排除せよと命じられた庫助は、その登城を待ち構えていた。

「いつもなら、もう来ているはずだ」

併右衛門の行動は把握している。

納戸御門《なんどごもん》のほうへ目をやるが、まだ併右衛門の姿は見えなかった。

「見ぬ顔だな。なにをいたしておる」

通りかかった旗本が、庫助の様子を見とがめた。

「人を待っておりまする」

身分ありげな旗本へ、庫助がていねいに答えた。

「ここらは、御用部屋に近いところである。人待ちなどをいたしてよい場所ではない。さっさとどこかへ行け」

「ただちに」

言われた庫助は、一礼して背を向けた。

「さからって、居着かれては困る」

庫助は、身分ありげな旗本がまだ己から目を離していないことに気づいていた。

「一回りするか」

じゃまされるわけにはいかなかった。庫助はしぶしぶといった体《てい》をとりながら、歩き出した。

「来たか」

廊下を曲がったところで、庫助は併右衛門を見つけた。

「同役たちと一緒か」

庫助は苦い顔をした。

田沼主殿頭意次《とのものかみおきつぐ》の息子山城守意知の刃傷でもわかることだが、周囲に人がいる者を襲うのは難しい。

人垣が、盾《たて》になるのだ。

しかも殿中では、太刀を帯びることが許されていない。刃渡りの短い脇差《わきざし》では、間に一人入るだけで、切っ先が浅くなる。致命傷がかすり傷になりかねない。

「昼まで待つか」

多忙な奥右筆は、まとまって昼食を摂《と》らない。手の空いた者から順に下部屋で弁当を使う。そのときなら併右衛門は一人になった。

「しかし、ずっと見張ってるわけにもいかぬな」

すでに目を付けられているのだ。このあとも奥右筆部屋付近をうろつくのは、難しかった。

「乱心者を装え、か」

組頭の藤林からはそう助言されていた。

「しとめるのが最良、少なくとも刀を抜かせよ」

藤林の命を庫助は復唱した。

「手裏剣《しゅりけん》が遣《つか》えれば、一撃で殺してくれるのだが。乱心者に襲われた体にするとなれば、ちと難しい」

庫助は嘆息した。手裏剣など遣えば、手を下した者の正体は一目瞭然《いちもくりょうぜん》である。伊賀の名前を出すわけにはいかないのだ。もちろん、こちらも死ぬ気であれば、できるが、生き残ることこそ忍《しのび》の本分である。併右衛門をやったあと、逃げ切れられなければ、庫助にとって意味はなかった。

「行くか」

鯉口《こいぐち》をそっと、庫助は切った。

「いつごろ婚姻をなさる予定でございますかな」

加藤仁左衛門が問うた。

「未《いま》だ少し先でござる。話だけ先にすませておこうかと思いましてな」

「ほう。そういえば、立花どののご息女は、おいくつになられましたか」

「もう二十三歳になりまする。妻を亡くしてからずっと、家のことをまかしておりましたもので、遅くなってしまいましたわ」

併右衛門が答えた。

「お相手は」

「二十五、いや、二十六歳であったかな」

「けっこういっておられるな」

養子としての適齢は、元服を終えた十五歳前後から、二十歳ごろまでである。家風や代々の職になれるには、若ければ若いほどいい。二十五歳をこえるとまともな養子の口はまずなくなった。前夫の子供が居る寡婦《かふ》であるか、はるか格下の家か、あるいは、膨大《ぼうだい》な借金があり持参金目当てか。

「使いものになるに、ここまでかかったというわけでござる」

苦笑いを併右衛門が浮かべた。

「間合いは六間（約十・八メートル）か。そろそろ錯乱のまねをせねばなるまい」

目で計った庫助が脇差を抜いた。

「うわあああああああ」

白刃を右手に、庫助が走った。

「な、なんだ」

併右衛門の前を歩いていた奥右筆が、戸惑いの声をあげた。

「立花併右衛門、この間の遺恨《いこん》覚えたか」

大声で叫《さけ》びながら、庫助が併右衛門の前にいた奥右筆を体当たりで吹き飛ばした。

配下の奥右筆の身体《からだ》が壁になって、庫助の勢いが減じた。

「なにをするか」

併右衛門は怒鳴《どな》った。

「死ねえええ」

血走った目で八田が、脇差を併右衛門の肩めがけてたたきつけた。

「なんの」

鞘《さや》ごと抜いた脇差を水平にして、併右衛門はかろうじて防いだ。

鈍《にぶ》い音がして、併右衛門の鞘へ、庫助の刃《やいば》が食いこんだ。

「ちいい」

庫助が、ふたたび脇差を振りあげた。

「狼藉者《ろうぜきもの》でござる。お出会いくだされ」

加藤仁左衛門が人を呼んだ。

「なんの」

割れそうな鞘を右手で押さえながら、併右衛門は受けた。

「わあああ」

二度防がれた庫助が、脇差を繰り返しぶつけた。

「くうう」

圧力に併右衛門がうめいた。

「どうした」

騒ぎはたちまち周囲に知れ渡り、多くの人が駆けつけてきた。

「併右衛門、おのれ、おのれ」

何度も併右衛門の名前を叫びながら、庫助が脇差をぶつけた。

「なんだというのだ」

併右衛門は戸惑いながらも受け続けた。

「おうりゃああ」

庫助の一撃がついに併右衛門の脇差の鞘を割った。

「つっ」

鞘に添えていた手が、刃に触れて切れた。

「……こいつめ」

大きく脇差を振りあげた庫助が、最後の一刀を落とした。

「…………」

避けられないとさとった併右衛門は、己から後ろへ倒れた。

「やった……え」

刃渡りの短い脇差は、届かなかった。手ごたえの浅さに庫助が、一瞬呆然《ぼうぜん》とした。

「あやつか」

「取り押さえろ」

番方《ばんかた》の旗本たちが、左右から近づいてきていた。

「ここまでか」

脇差の刃をむき出しにさせたのだ。成功だと庫助が、身を翻《ひるがえ》した。

「あっ。逃がすな」

「追え、追え」

脱兎《だっと》のごとく駆けだした庫助を、多くの旗本が追った。

「大事ござらぬか、立花どの」

倒れている併右衛門を、加藤仁左衛門が気遣《きづか》った。

「かたじけない……つうう」

起きあがろうとした併右衛門は、痛みにうめいた。避けたはずだった併右衛門の胸が、まっすぐに裂かれていた。

「怪我《けが》をされておるではないか。誰か、医師を呼んで参れ」

「はっ」

加藤仁左衛門に命じられた奥右筆が、走っていった。

「たいしたことはござらぬ」

「そのまま横になっておられよ」

立ちあがろうとする併右衛門を、加藤仁左衛門が制した。

「しかし、このままでは」

わけのわからない併右衛門は、少しでも状況を把握したいと、首で周囲を見回した。

「一同は、大丈夫か」

併右衛門は問うた。

「皆、無事にございまする」

奥右筆の一人が答えた。

「矢島《やじま》は、どうだ」

最初にはね飛ばされた奥右筆を、併右衛門は見た。

「打ち身ていどでございまする」

矢島が問題ないと述べた。

「ならばよいが。いったいあれはなんだったのだ」

「なにやら、貴殿の名前を叫んでいたようであったが、ご存じよりの者か」

加藤仁左衛門が訊いた。

「いいや。初めて見る顔でござった」

併右衛門は首を振った。

「乱心者ではございませぬか」

打った腰をさすりながら、矢島が言った。

「わけのわからぬことを口走っておりましたし、なにより、目が釣りあがっておりました」

正面から庫助を見た矢島が身を震わせた。

「鎮《しず》まれ、鎮まれい。目付《めつけ》西方内蔵助《にしかたくらのすけ》である」

声を張りあげて目付が、やって来た。

「なにごとがあった」

横たわっている併右衛門の頭近くに立って、西方が質問した。

「脇差を抜いた狼藉者に襲われましてございまする」

姿勢を正した加藤仁左衛門が告げた。

「その狼藉者はどこへ行った」

「あちらへ」

加藤仁左衛門が、納戸御門のほうを指さした。

「徒目付《かちめつけ》」

「これに」

後ろに控えていた徒目付が応じた。

「追え」

「承知いたしましてございまする」

徒目付が小走りで行った。

「怪我をしたか。医師は呼んだか」

「すでに」

西方の言葉に、矢島が答えた。

「ならば……待て、そなた脇差を抜いておるではないか」

さっと西方の顔色が変わった。

「あっ」

併右衛門が、右手を見た。

「これは……」

「殿中で刃を鞘走《さやばし》らせるのが、どれほどの罪か知らぬとは言わさぬ。そなた、名を申せ」

「お待ちくださいませ」

あわてて加藤仁左衛門が口を挟んだ。

「これは、狼藉者の脇差を受け止めたことで、鞘が割れただけでございまする。立花どのは、脇差を鞘ごと抜いて、対応しておりました。決して、自ら……」

「黙れ」

西方が怒鳴りつけた。

「どのような事情があろうとも、殿中で白刃を明らかにすることは許されておらぬ」

「…………」

加藤仁左衛門が沈黙した。

「かたじけのうござった。どうぞ、お引きくだされ」

胸の痛みをこらえて、併右衛門は上半身を起こした。

「奥右筆組頭立花併右衛門でござる。たしかに脇差が出ておりまするが、そこをご覧いただきたい。吾《わ》が鞘の破片でござる」

「これか。たしかに鞘のようであるが、それはかかわりのないことだ」

あっさりと西方が否定した。

「こちらに怪我人がおると」

表御番医師《おもてごばん》が、薬箱を手に顔を出した。

「うむ。この者だ。ただちに手当をいたせ」

西方が命じた。

「ごめんを」

併右衛門の裃《かみしも》を表御番医師が外した。

「どれどれ……これならば大事ござらぬな。肉は斬られておりますが、骨には届いておりませぬ。しばらく立ち居振る舞いには苦労いたすでござろうが、十日もすれば、回復いたしましょう」

すばやい手つきで表御番医師が、併右衛門の傷に膏薬《こうやく》を塗り、木綿布《もめんふ》で巻いた。

「治療は終わったか」

「はい」

表御番医師が、西方の問いにうなずいた。

「問題はないな」

「傷は浅うございまするが、やはり怪我には違いございませぬ。あまり無理をさせるのは、よろしからずと思案いたしまする」

西方の確認に、表御番医師が、忠告した。

「心得ておる。ご苦労であった」

表御番医師を西方は去らせた。

「立花併右衛門、取り調べをいたす。よって、目付部屋まで同道いたせ」

「承知いたしましてございまする」

旗本の監察を任とする目付には逆らえなかった。併右衛門は同意した。

「一同、役目へ戻れ。すでに執務開始の刻限《こくげん》であるぞ」

集まっていた見物たちを、西方が散らせた。

「始終を見ておりました。わたくしどももお話を」

加藤仁左衛門が申し出た。

「今は、まず、逃げたという乱心者の追捕《ついぶ》と、立花より事情を訊くのが優先である。のちほど呼び出すゆえ、名前を申せ」

目付西方は、威丈高《いたけだか》に言った。

「奥右筆組頭加藤仁左衛門でござる」

「おなじく奥右筆矢島龍乃進《たつのしん》」

二人が名乗った。

「承知した。奥右筆は多忙と聞く、急ぎ役目へ向かうがよい」

西方が行けと手を振った。

「立花どの」

「大事ござらぬ。どうぞ、任をお願いいたしまする」

目付に逆らってよいことなどなに一つない。気遣う加藤仁左衛門へ、併右衛門はうなずいて見せた。

「お目付どの、参りましょう……つっ」

立ちあがった併右衛門は、一瞬胸の痛みに顔をゆがめた。

「殊勝《しゅしょう》である。あわてずともよい」

併右衛門の傷を気づかいながら、西方が、先に立った。

目付部屋は、総二階建て、納戸御門を入り、御用部屋へいたる途中にあった。一階が目付の控え室であり、二階は徒目付の控え部屋と過去の書付を保管した書庫となっていた。

「しばし、待て」

西方が併右衛門を止めた。

目付部屋は、他職の立ち入りを認めていなかった。

「見張っておれ」

ついてきていた徒目付へ言って、西方が目付部屋へ入っていった。

「少し、腰を下ろしてよいか」

併右衛門の脇差を羽織で包んで持っている徒目付へ、併右衛門は訊いた。

「申しわけございませぬが、お目付さまのお許しなしでは」

表情をかえることなく、徒目付が拒絶した。

「そうか。すまぬことを申したな」

併右衛門は詫びた。

徒目付は百俵五人扶持《ぶち》、お目見《めみ》え以下、定員五十人内外で、御家人のなかでも武術に優れた者から選ばれた。

「立花、こちらへ来い」

目付部屋から出てきた西方が、併右衛門を廊下を挟んで向かい側の座敷へ連れこんだ。

「当番目付の伊坂内膳《いさかないぜん》である」

遅れて別の目付が入ってきた。

八代将軍吉宗《よしむね》のとき目付は十人と決められた。旗本の監察、城中礼儀の取り締まりを主な任とした。同じ目付同士で互いを監察しあうことから、組頭のようなものをおかず、日替わりで当番を決め、その日にあったことを統括《とうかつ》させた。

「奥右筆組頭立花併右衛門でござる」

ふたたび併右衛門は名乗った。

「殿中刃傷とのこと、事情をつぶさに述べよ。偽《いつわ》り隠しごとは許さぬ。万一、そのような不埒《ふらち》なまねをいたさば、相応の報いがあると覚悟いたせ」

伊坂内膳が、宣《せん》した。

三

殿中でのできごとは、すぐに知れわたる。御殿坊主《ごてんぼうず》が、金をもらっている大名旗本へ報せて回るからであった。

「刃傷だと」

えてして話は、重要なところが抜け落ちて拡がる。

城中から持ち出されたとき、加害者と被害者の名前が消えていた。

「まさか。我が殿ではあるまいな」

大手門《おおてもん》前で主《あるじ》の下城を待っていた家臣たちが騒ぎ出した。

元禄《げんろく》の昔、吉良上野介《きらこうずけのすけ》を襲った浅野内匠頭《あさのたくみのかみ》を見てもわかるように、殿中で刃傷を起こせば、家が潰《つぶ》れた。

家臣たちにとって、まさに死活問題なのだ。

「誰か、詳《くわ》しいことを聞いて参れ」

行列の差配《さはい》をする供頭《ともがしら》が、配下に命じた。

「よし」

その様子を八田庫助がうかがっていた。

乱心者の振りをして、城中を駆けた庫助は、他人目《ひとめ》がなくなったところで、脇差を鞘へ戻し、何事もなかったかのような顔で、大手門近くまで来て、潜《ひそ》んでいた。

下城の刻限でもないのに、城中の門を出るのは、目立った。登城門でもある大手門以外は、出入りする者が少ないため、確実に門番に覚えられてしまう。かといって、人の通行が多い大手門には、甲賀者《こうがもの》が控えていた。

戦国の世、伊賀と闇を二分した甲賀は、関《せき》ヶ原《はら》の後、徳川家康《とくがわいえやす》によって江戸城大手門の番人となった。身分こそ、伊賀者にまさる与力ではあったが、探索方《たんさくがた》を外された甲賀は、忍《しのび》としては死んだと思われていた。

「甲賀の目は馬鹿にできぬ」

伊賀者同心である庫助は、甲賀を忍として相手にはしていなかったが、長年培《つちか》われた勘《かん》は、血のなかで息づいていると舐《な》めてはいなかった。

「どうなっておるのでございましょう」

大手門前に待機している多くの大名・旗本の家臣たちが門衛に立つ書院番士《しょいんばんし》たちに問いかけた。

「わからぬ。なにも報されておらぬ」

書院番士たちも戸惑っていた。

「これ、大手門よりなかへ入るではない。下がれ、下がれ」

対応しきれなくなった書院番士が、大声を張りあげた。

「お願いでござる。当家の主は無事かどうかだけでも」

必死の家臣たちの耳へは制止の声も届かなかった。

「ええい、鎮まらぬか。甲賀与力、甲賀与力」

書院番士が呼んだ。

「これに」

当番であった甲賀組頭が近づいてきた。

「この者どもを、抑えよ。大手門より追い出せ」

「はっ。一同、来い」

首肯した甲賀組頭が、手をあげた。

「おう」

言われて甲賀者与力たちが、六尺棒を持って番所から出てきた。

「押し出せ」

甲賀与力たちが六尺棒を横にして、迫り来る家臣たちを押した。

「武士の情け、せめて、せめて、刃傷の相手の名前だけでも」

「これ以上申すならば、そのままには捨て置かぬぞ。家名を明らかにし、大目付《おおめつけ》さまへお届けすることになるがよいな」

しつこい家臣たちを、書院番士が脅《おど》した。

「それは……」

興奮していた家臣たちの勢いがしぼんだ。

「主君を想う忠義に免《めん》じ、今ならば、なかったことにしてくれる」

書院番士が一転して宥《なだ》めた。

「事情の問い合わせに、一人向かわせた。その者が戻り次第、子細を紙に書いて、高札に張り出す。それまで待たれよ」

「お願いいたしまする」

「なにとぞ、お頼み申しまする」

家臣たちがようやくおさまった。

「甲賀与力ども、下がってよいぞ」

「はっ」

甲賀組頭佐治惣三郎《さじそうざぶろう》が、一礼した。

佐治惣三郎は、冥府防人《めいふさきもり》こと望月小弥太《もちづきこやた》と争い、負けた責任を取らされて殺された大野軍兵衛《おおのぐんべえ》の後任として、組頭の任についたばかりであった。

「一同、退け」

指示を出す声もまだ固い。命じられたことをするのに手一杯で、周囲へ気を配る余裕はなかった。

「はっ」

甲賀与力たちが、六尺棒を肩に担《かつ》いで、番所へと引きあげていった。

「よしなに、よしなに」

しつこいくらい頼んで、家臣たちが下がっていった。

「…………」

いつの間にか、そのなかに庫助が紛《まぎ》れこんでいた。

「うまく紛れこんだようだが……奥右筆を殺し損ねるとは、ふがいない」

そのようすを藤林が、江戸城本丸大屋根の上から見下ろしていた。

「奥右筆は目付に捕まった。城中で白刃をさらしたのだ。まちがいなく、立花は切腹、お家は断絶だ。残るは、庫助よな。あやつが捕まりでもすれば、こちらの策は丸潰れとなる。乱心者は乱心者らしく、身を処してもらわねばならぬ」

藤林が、屋根の上に立ちあがった。

「伊賀のため、死んでもらうぞ」

音もなく藤林が、屋根の上から飛び降りた。

騒然となった大手門前の広場は、ようやく落ち着き始めていたが、それでも混乱は残っていた。

「屋敷へ一報を」

「詳細もわからぬのにか。騒ぎを起こすだけぞ」

「しかし、万一、殿がかかわっておられるならば、今のうちに手を尽くしておかねば、家が潰れるぞ。殿のご切腹は防げぬにしても、せめて家だけは残さねば」

家臣たちが怒鳴り合うように話し合っていた。

「殿さまが、腹を切るのはどうでもいいのか」

各大名の家臣たちが入り乱れている隙間《すきま》を、庫助は縫《ぬ》った。

「侍の忠義などそのていどだな」

小さな笑いを浮かべながら、庫助が大手門前広場を抜けた。

「ほとぼりが冷めるまで、身を隠せか」

庫助は懐《ふところ》へ手を入れた。

「一両か。二ヵ月ほどはしのげるが、組頭どのも吝嗇《けち》なことだ。伊賀者の金蔵である隠密《おんみつ》御用を、お庭番《にわばん》から取り返すための手だというに」

ぼやきながら庫助は、進んだ。

「町人へ身形《みなり》を変えて、どこぞの長屋にでも潜むか。幕府が探しているのは、乱心して奥右筆組頭へ斬りかかった番方組士だ。町人までさぐることなどない。お庭番が出て来ぬかぎり、安全よ」

庫助は、武家町を抜けて八丁堀《はっちょうぼり》手前の町屋へ入った。

「ふむ」

見かけた稲荷《いなり》の社《やしろ》へ、庫助は入った。

「ここでよかろう」

社の裏で、庫助は羽織と袴《はかま》を脱ぎ捨てた。続いて小袖《こそで》を裏返しにした。細かい縞柄《しまがら》となった小袖を身にまとい、細めの帯で締《し》める。髷《まげ》を変え、足袋《たび》を脱いで、素足に草《ぞう》履《り》を履《は》けば、職人風の町人のできあがりであった。

「羽織と袴を売れば、ちょっとした小金になるが、足もつく」

惜しそうに庫助は、羽織と袴を、稲荷社の床下へ押しこんだ。

「さて、まずは空き長屋を探さねばな」

稲荷社を出た庫助は、目の前に藤林が立っているのに気づいた。

「組頭どの。驚かせないでいただきたい」

「伊賀のためだ。許せ」

呼びかけられた藤林は、いきなり庫助の腹へ脇差を突き立てた。

「あ、あ、なにを」

庫助が目をむいた。

「捕まっては困るのだ」

「く、くそお」

藤林へ、庫助が手を伸ばした。

その手に引かれるように、藤林が脇差を右へ回した。

「ぐええええええ」

鳩尾《みぞおち》から左脇腹近くまで裂かれた、庫助がうめいた。

「最後は武士らしく、切腹で終われ。人として扱われぬ忍の最後としては、過分であろう」

藤林が告げた。

「おううう」

腹を切っても人はなかなか死なない。なればこそ、切腹の場には介錯《かいしやく》が要《い》るのだ。

「往生際《おうじようぎわ》の悪い」

うめきながらも庫助は抵抗した。

暴れる庫助の首を、藤林が片手で締めた。

「安心しろ。八田の家は、ちゃんと弟に継がせてやる。きさまの嫁に娶《めあわ》せてな」

「…………」

喉《のど》を押さえられている庫助は、首を振って拒絶を表したが、抵抗もそこまでであった。

「死んだか」

藤林が、庫助を稲荷社の裏へ、引きずりこんだ。社の床下から取り出した羽織袴を再び身へまとわせ、庫助を正座の形に座らせた。最後に脇差の柄《つか》を逆手に握らせて、切腹の形を作った。

「遺書は要らぬ。乱心者が、なにかを言い残しては困るからな」

最後に藤林が庫助へ手を合わせた。

「そなたの貢献、決して忘れぬからな」

返り血を浴びた羽織と小袖を裏返して、身形を変えた藤林が、稲荷社を後にした。

大手門の前に、刃傷の詳細が張り出されたのは、昼近くなってからのことであった。

「よかった」

「かかわりはなかったのだ」

家臣たちの間に、安堵《あんど》が拡がった。

「道を空けよ。お目付さまのご出役である」

徒目付の先導で、西方が大手門から出てきた。

「お目付さまじゃ」

たちまち大手門前広場は水を打ったように静かとなった。

「麻布《あざぶ》箪笥《たんす》町《まち》だという。急ぐぞ」

目付は布衣《ほい》を許され、出役の際は金輪《かなわ》抜《ぬ》きの笠をかぶり、騎乗した。

徒目付を伴走させた西方は、大手門を出たところで右に曲がり、江戸城を巡るようにして、併右衛門の屋敷へと向かった。

「開門いたせ、目付である」

立花の屋敷へ着いた西方の合図で、徒目付が叫んだ。

「し、しばしお待ちを」

門番があわてて大門を開けた。

「目付西方内蔵助である。立花併右衛門の身内はおるか」

騎乗のまま門を通った西方が言った。

「娘の瑞紀にございまする」

急いで出てきた瑞紀が玄関式台で手を突いた。

「奥右筆組頭立花併右衛門、城中にて粗相《そそう》あり。よって下城を停止《ちょうじ》いたしした。ついては、屋敷も門を閉じ、謹《つつし》みおくように。決して騒ぎ立てるでないぞ」

西方が告げた。

「御諚《ごじょう》承《うけたまわ》りましてございまする」

瑞紀が、深く平伏した。

「おそれながら」

顔をうつむかせたまま、瑞紀が続けた。

「父はなにをいたしたのでございましょう」

「……殿中で、刀を抜いた」

瑞紀の問いに、一瞬間を置いて、西方が答えた。

「さようでございましたか。父の不調法《ぶちょうほう》、代わりまして、お詫び申しあげまする」

もう一度深く瑞紀が頭を下げた。

「うむ。見事な返答、感じ入った。決まりごとゆえ、大門には外から竹で封印をいたす」

「はい」

瑞紀がうなずいた。

「委細《いさい》明らかとなり、御上の沙汰《さた》が降りるまで、大門の開閉は適《かな》わず。また、来客などの応接も控えるべし」

西方が、規則を述べ始めた。

「仏事慶事ともに、遠慮すべし。ただし、病中につきの医者通いは差し支えなし。また、日々の要り用については、表ではなく裏を用いてなすぶんには、咎《とが》めだてず。万一、これに反したり、竹の封印を破却いたせば、厳しき罪を与える」

「承りましてございまする」

背筋を伸ばして、瑞紀が受けた。

「娘、名をなんと申す」

瑞紀の対応に感心した西方が問うた。

「立花併右衛門が娘、瑞紀にございまする」

ていねいに瑞紀が名乗った。

「女とは思えぬ気丈《きじょう》な応対。きっと併右衛門どのへ、伝えよう」

初めて西方が、敬称を付けた。

「かたじけのうございまする」

礼を言いながら、瑞紀がすがるような目をした。

「併右衛門どのは、傷を負っておられるが、すでに治療もすみ、命には別状ない」

「……はい」

安堵のため息を瑞紀が漏《も》らした。

騎乗のまま、降りることもなく西方が去ると、立花家の大門が閉じられた。

「封印をいたす」

外から交差するように竹が打ち付けられた。

「お嬢さま」

家士があわてて近づいてきた。

「取り乱さぬようにいたせ。父は殿中で刀を抜くようなお方ではない。きっとなにかのまちがいであろう。でなければ、やむをえないわけがあったはず。一同、落ち着いて対応をいたすように」

毅然として瑞紀が命じた。

「は、はい」

集まってきていた家士、中間、小者が首肯した。

「しばらくわたくしは表に出ませぬ。ついては、要りようなものがあれば、今のうちに買い求めておくように」

「ただちに」

中間が台所へと走っていった。

五百石ながら、領地持ちではない立花家は、多くの旗本やその他の御家人たちと同じく、年に三回浅草《あさくさ》の米蔵から支給される禄米《ろくまい》で生活している。自家で消費するぶんの米は、売らずに保管しているため、すぐに食べものがなくなることはない。かといって副菜は別である。謹慎中であり獣肉や魚は遠慮しなければならず買えるものに限度はあるが、手配しておかなければならなかった。

「出入りの商人たちへも、しばらくは、当家へ参らぬよう報せておくように」

「はい」

別の中間が駆けていった。

「玄関の扉を閉じなければなりません。出入りは皆、台所口から」

「承知いたしました」

家士が首肯した。

「父が帰るまで、しばらくの辛抱です。皆、騒がず忍んでくれるよう」

一同を諭《さと》して、瑞紀は奥へと入った。

「…………」

一人になった瑞紀は、今は誰も住んでいない庭の離れへ入った。

「お父さま御無事で……」

瑞紀が静かに涙をこぼした。

「衛悟さま。わたくしは一人でどうしたら……」

隣家との仕切りの生垣、その破れに瑞紀が目をやった。

四

神田館《かんだやかた》で城中の噂を報された一橋民部卿治済《ひとつばしみんぶきょうはるさだ》は、興味なさげに横を向いた。

「刃傷など……」

「相手でございますが」

一橋家用人城島左内《きじまさない》が、続けた。

「奥右筆組頭立花併右衛門なのでございまする」

「……ほう」

治済が、城島左内へ顔を向けた。

「あの奥右筆が襲われたか」

「はい」

「で、死んだのか」

「いいえ。かすり傷だそうでございまする」

城島左内が否定した。

「襲った相手は誰だ」

「それがわからないとのことでございました」

「なんじゃそれは」

聞いた治済があきれた。過去何度か江戸城のなかで刃傷はあった。だが、そのすべてにおいて、加害者は取り押さえられていた。

「逃げられたそうで」

「目付の失態だな」

冷たく治済が笑った。

「その場でどうにかできなかったのか」

「あいにく詳細までは、伝わってきておりませず」

わからないと城島左内が、首を振った。

「奥右筆組頭はどうなった」

「表御番医師の手当てを受けた後、目付に引き立てられていったとのことでございまする」

城島左内が述べた。

「そうか。奥へ参るぞ」

治済が立ちあがった。

「お館《やかた》さまが、奥へお出《い》でになられる。ただちに報せをいたせ」

「はっ」

小姓が、一礼して小走りに出て行った。


治済の来訪を受けて、神田館の奥が騒がしくなった。

「お加代《かよ》の方さまのご準備を急げ」

老女があわてて命じた。

「申しわけございませぬ。お加代の方さま、月の印《しるし》の訪れを受けておられまする」

お加代の方付きの女中が、無理だと告げた。

「ええい。ならば、他の側室方、皆の用意を。お館さまが、どの側室をお呼びになられても、すぐに応じられるようにいたせ」

不機嫌な形相《ぎょうそう》で老女が指示した。

数ヵ月前、治済の急の来訪に対応できなかった先代の老女は、勘気《かんき》をこうむり、館を追放されていた。同時に女中たちも十人近くが暇《いとま》を出されていた。

十一代将軍家斉《いえなり》の実父治済の機嫌を損ねた老女や女中たちの末路は悲惨であった。実家に帰っても邪魔者扱いされ、かといって他家へ仕えることもできなかった。治済の怒りに触れた女をわざわざ雇い、にらまれることになっては、家に傷がつきかねない。神田館を放り出された女たちの居場所は、どこにもなかった。

「夕餉《ゆうげ》の用意は、怠《おこた》りないか。台所へ確認いたせ。酒《ささ》は足りておるか」

対応に抜かりがないか、老女は必死になった。

「お渡りでございまする」

神田館の表と奥をつなぐ廊下から、治済が姿を現した。

「お館さまには、ご機嫌うるわしく、恐悦至極《きょうえつしごく》に存じあげまする」

座敷へ入った治済へ、老女たちが頭を下げた。

「うむ。そなたたちも息災のようでなによりだ」

治済が返した。

「今宵《こよい》は、どの側室方をお召しになられましょうや」

老女が訊いた。

「絹《きぬ》をこれへ」

「は、はい。ただちに」

言われて老女が、首肯した。

「おまえたち遠慮いたせ。酒の用意だけでよい」

「仰《おお》せのとおりに」

老女が平伏した。

しばらくして、酒の膳を捧げて、絹が座敷へ入ってきた。

「そのようなこと、他の女中にさせればよいものを。お呼びとあらば、そなたは、ただちにお館さまのもとへ参上せねばならぬのだぞ」

無言で待っている治済の圧力に耐えていた老女が、思わず絹へ文句を付けた。

「申しわけもございませぬ。お館さま、お召しあがりの御酒と伺いましたゆえ、どうしてもわたくしがさせていただきたく」

絹が詫びた。

「よい。そなたたちはもうよい」

治済が犬を追うように手を振った。

「はっ。では、ごめんくださいませ」

裾《すそ》を鳴らして、老女たちが出て行った。

「少しはましになったな」

絹から渡された盃《さかずき》を受け取りながら、治済が笑った。

「さようでございましょうか」

絹が首をかしげた。

「従順になってはおりますが、あれは、お館さまを怖れてのこと。忠義を持ってお仕えしているとはとても思えませぬ。なにかあれば、あっさりとお館さまを裏切りましょう」

辛辣《しんらつ》な言葉を絹が述べた。

「別に、あのていどの者どもに裏切られたところで、痛くも痒《かゆ》くもないわ」

注がれた酒を治済があおった。

「刃傷の一件でございまするか」

代わりを注ぎながら、絹が問うた。

「ふむ。よくぞ知っていたの。儂《わし》も先ほど聞いたばかりぞ」

治済が感心した。

「兄が参っておりまする」

絹が報告した。

「鬼が来ておるのか。ならば、知っていて当然か。許す、出て参れ」

天井へ向かって、治済が許可した。

「ご免を」

天井板が一枚外れ、そこから冥府防人が落ちてきた。

「話せ」

余分な言葉をつけず、治済が命じた。

「はっ」

冥府防人が経緯を語った。

「見ていたわけではないのか」

「申しわけもございませぬが、城中は伊賀者の縄張りであり、うかつに忍んでは、後々の警戒を招くだけと、自重いたしておりました」

期待はずれだと言う治済へ、冥府防人が言いわけをした。

冥府防人は、一度松平越中守定信の命を狙うため、江戸城へ入り、伊賀者と対峙《たいじ》した経験があった。

「まあよい」

治済が酒を干した。

「誰が奥右筆組頭を狙ったかが気になるの」

「はい」

冥府防人も同意した。

「警固がつけぬ城内で手出ししたこと、失敗したところで、奥右筆にも刀を抜かすことで、城中法度《はっと》に触れさせる。これだけの知恵が働く奴がおる。鯉口三寸切れば、切腹との決まりに骨まで染まっている大名や旗本にはできぬことよ。ましてや、城中の掟《おきて》を金科玉条《きんかぎょくじょう》のごとく遵守《じゅんしゅ》する越中ごときには、思いもつくまい」

空になった盃をもてあそびながら、治済が言った。

「調べよ」

「承知いたしましてございまする」

命じられた冥府防人が平伏した。

「行け」

冥府防人を追いやって、治済が絹の手を掴《つか》んだ。

「まだ日が高うございまする」

絹が小さく抗《あらが》った。

「将軍の血縁、いや、大名の仕事は、子を作ることだけよ。仕事とならば、日があってもせねばなるまい」

治済が絹を膝《ひざ》の上へ、抱えた。

「月のものが終わったばかりでございまする。お胤《たね》をいただいては、わたくしのなかに宿られるやも知れませぬ。身分卑《いや》しき甲賀者の肚《はら》に和子《わこ》さまなど、畏《おそ》れ多うございまする」

絹が首を振った。

「肚は借りものじゃ。そのようなことを言い出せば、吾《わ》が祖父吉宗さまなどは、論外であろう。与力どころか、出自《しゅつじ》も明らかでない流れ巡礼の娘が、母ではないか。要りようなのは、父親の身分だけ」

小さく笑って治済が、絹の衣服をくつろがせた。

「子ができぬようにいたしていたのではないか」

張りのある胸乳に顔を埋めながら、治済が問うた。

「月のものの最中は、外しておりまする。急なお見えで、もとに戻すことがかないませず」

喉を反らせながら、絹が答えた。

「子を産め。絹。もう、むくろじの実を胎内へ入れることは許さぬ」

「……よろしゅうございますので」

囁《ささや》くような声で絹が確認した。

「許す。いや、初めて欲しいと思ったわ。子が」

強く治済が絹を抱いた。

「お、お館さま……」

苦しげに息をつきながら、絹が手を治済の背中に回した。

「おそらく最後の子となろう。男を産め。古来、我が国は末子相続であった。長子相続が決まりとなったのは神君家康公が、三代将軍を家光《いえみつ》公と決められてからだ。しかし、余《よ》の長子は本家へくれてやった」

治済の長男、豊千代《とよちよ》は跡継ぎのいなかった十代将軍家治《いえはる》の養子となり、十一代将軍家斉になっていた。

「今や天下は、家斉のもの。家斉は吾が子。子のものは、親のものでもある。次の将軍として西の丸にいる敏次郎《としじろう》など孫でしかないのだ。そして孫どもは幼い。今、家斉が死んだとして、とても孫どもでは天下を持ちきれまい。となれば、余が出るしかないのだ。余は十年、十年だけでよい。天下というものを知れれば、それでよい。そなたが産んだ男子が、十歳になれば、天下を譲ろう」

絹を畳《たたみ》の上へ降ろして、治済がのしかかった。

「お館さま」

すばやく絹が、治済の袴の紐《ひも》を解《ほど》いた。

「尊《たっと》き血筋などと申しておるが、徳川の先祖はどこの誰かもわからぬ流れ者。結局のところ、強い者の子孫が、名門となるだけよ。そのくせ、思いあがって、新しき者との婚姻を避け、家柄だけで相手を決める。こうして、代を重ねればどうしても血が濃くなる。徳川がいい例よ。代々の将軍を見ればいい、何人、跡継ぎを作れなかった。家綱《いえつな》、綱吉《つなよし》、家継《いえつぐ》、そして家治。十一代の内、じつに四人が吾が血筋に後を譲れておらぬ。血が濃くなれば、よい子ができぬなど、そのあたりの庶民でさえ知っておろうに」

大きく絹の裾を、治済が開けた。

「参るぞ、絹」

治済が腰を沈めた。

「ああっ」

絹が身を震わせた。

いつものように大久保《おおくぼ》道場での稽古《けいこ》を終えた衛悟は、実家近くの雰囲気に違和を覚えた。

「なんだ」

すでに暮れ七つ（午後四時ごろ）を過ぎているのに、実家前の路上で多くの人がたむろしていた。

「立花どののほうをうかがっている」

人々の目が、どこに向いているか気づいた衛悟は、その先を追って絶句した。

「竹の封じ」

青竹を交差させて、門をふさぐのは、罪を得た者への処置である。

「なにがあった」

あわてて衛悟は、実家へ入った。

「ああ、衛悟どの」

屋敷では、兄嫁の幸枝《ゆきえ》が、おろおろしていた。

「義姉上《あねうえ》、どうなっておるのでございまする」

衛悟は問うた。

「よ、よくはわかりませぬが、立花さまが殿中で刃傷をなされたとの噂でございまする」

あわてながらも幸枝が答えた。

「刃傷……まさか」

言われて衛悟は、首を振った。

刀など何の役にも立たぬ、今は筆こそ武士の道具。そう断じてはばからない併右衛門が、刀を抜いて人を襲うなど考えられなかった。

「え、衛悟どの。あなたと立花さまの縁談が昨日まとまりました。まさかと思いますが、柊の家へもお咎《とが》めが参るようなことは……」

膝を震わせながら幸枝が心配した。

「なにをおっしゃっておられまするか。今はそのようなことを言っている場合ではございませぬ」

衛悟は怒った。

「なれど……」

幸枝が泣きそうな顔をした。

八代将軍吉宗によって、連座は滅多《めった》におこなわれなくなったとはいえ、罪を犯した者の一族への影響はあった。

謀反《むほん》でないかぎり、一族へ罪はおよばないが、役付だった者は辞任しなければならなくなり、婚姻などの慶事は止めることとなった。

「旦那さまへ、及ばなければよろしいのですが……」

うろたえる幸枝を見ているうちに、衛悟は落ち着きを取り戻した。

「大丈夫でございまする」

兄嫁の懸念もわからぬではなかった。

「拙者と立花さまの縁組は、まだ口約束の段階で、御上《おかみ》へお届けしたわけではございませぬ」

「そ、そうでございました」

ようやく幸枝の顔色が戻った。

「それより、お隣の様子を見てあげるべきでございましょう」

「かかわりを持たぬほうがよろしいのではございませぬか」

幸枝が危惧《きぐ》した。

「……義姉上」

衛悟は、幸枝を見つめた。

「立花どのが、殿中で刀を抜いて人を襲うようなお方か。きっとなにかのまちがいか、巻き込まれただけでございまする。すぐにでも濡《ぬ》れ衣《ぎぬ》は晴れ、立花どのは戻ってこられまする。そのとき、隣家として手をさしのべていなかったとなれば、わたくしの縁組はもちろん、後々《のちのち》どのような援助もいただけなくなりましょうぞ」

脅《おど》すように衛悟は言った。

「…………」

幸枝が目を見張った。

「では、行って参りまする」

衛悟は、呆然としている幸枝を置いて庭へ出た。

立花家と柊家の間を仕切る生垣には、大きな破れが一ヵ所あった。子供のころは、毎日この破れを通って、互いの屋敷を行き来し、遊んだ。

いつの日にか、男女の違いが問題となり、破れを使うこともなくなった。でも、今宵は、破れがなによりも衛悟にとってありがたかった。

破れをこえれば、立花家の庭である。禄高と格式はあがっても、まだ屋敷替えの指示を受けていない立花家の庭は、柊家とよく似た大きさであった。

「…………」

母屋へ向かおうとした衛悟は、ふとなにかが聞こえたような気がして、足を止めた。

「あそこか」

衛悟は庭の片隅に建つ離れへと、足を運んだ。

立花家の隠居所は、先代の妻、瑞紀にとって祖母にあたる人のためのものであった。遊びに来た衛悟を瑞紀の祖母は、吾が孫のようにかわいがってくれ、いつも飴《あめ》やらの菓子をくれた。瑞紀と二人遊び疲れて昼寝したこともある。

衛悟にとって離れは、暖かい想い出の場所であった。

「……瑞紀どのか」

離れに人の気配を衛悟は感じ、問いかけた。

「え、衛悟さま」

なかから驚いたような瑞紀の声がした。

「やはり」

衛悟は縁側にあがり、離れの障子へと手をかけた。

「開けないでくださいませ」

瑞紀が拒《こば》んだ。

「どうかされたのか」

「なんでもございませぬ。それより、どうして衛悟さまはここへ」

問いかけに瑞紀が、質問で返してきた。

「いつものように、庭の破れを伝って参った」

「そうではございませぬ。衛悟さまは、今、我が家がどうなっているか、ご存じでございましょう」

「あらましは」

障子ごしに衛悟はうなずいた。

「立花家は謹慎を命じられておりまする。来客はお断りせねばなりませぬ。また、このようにお出でなされば、御上よりお叱《しか》りを受けるやも知れませぬ。どうぞ、衛悟さま、お帰りになってくださいませ」

瑞紀が衛悟の来訪を拒んだ。

「……入りますぞ」

衛悟は、障子を開けて、離れへ踏みこんだ。

「なにを……」

強引な衛悟に、瑞紀が驚いた。

「瑞紀どの」

「どうして……」

瑞紀が訊いた。

「あなたは、子供のころから辛いときほど我《が》を張る。あの柿の木から落ちたときも、痛くないとずっと我慢をしておられた」

衛悟は昔の話を出した。

「しかし……この度《たび》のことは……」

気丈に瑞紀が、首を振った。

「ともに心配してはいけませぬか。お父上さまのご無事を祈ってはいけませぬか」

一歩衛悟は、瑞紀へ近づいた。

「やはり泣いておられる」

残照《ざんしよう》の光から逃げるかのように、離れの奥でうずくまっていた瑞紀の頬が濡れているのを衛悟は見つけた。

「……うっ」

瑞紀が顔を伏せた。

「我慢なさることはない」

衛悟は瑞紀の背中を抱えこんだ。

「あっ」

瑞紀の身体《からだ》が、緊張で堅くなった。だが、すぐに力を抜いた。

「存分に泣かれればいい。ここには、拙者しかおりませぬ」

小さな声で衛悟は言った。

「今だけ、今だけ……」

「…………」

願う瑞紀を強く抱きしめることで、衛悟は応えた。ふっと瑞紀の身体から香りが伝わってきた。衛悟は、ゆっくりと瑞紀の匂いをかいだ。

「ああああ」

瑞紀が声を漏らして泣いた。

「…………」

思うがままにと衛悟は何も言わなかった。

四半刻《しはんとき》（約三十分）ほど、瑞紀は身体を震わせた。

「みっともない姿をお見せいたしました」

「お気になさるな」

落ち着いたらしい瑞紀の身体から、衛悟は離れた。

「かたじけのうございまする」

あわてて身形を取り繕った瑞紀が、手をついた。

「いや」

衛悟は首を振った。

「それにしても、どうなったのでございまするか」

噂ていどしか聞いていない衛悟は、瑞紀へ尋《たず》ねた。

「お昼前、お目付さまがお出でになられ、そこでようやく聞いたような有様《ありさま》で」

「お目付さまは、なにか」

「それが、なにも。ただ、父が刃傷にかかわり、殿中で刃を抜いたとだけ。あと、あらためて沙汰《さた》があるまで、軽挙妄動《けいきよもうどう》せず、おとなしく謹みおくようにと」

「相手についても、お話はなかった」

「はい」

確認する衛悟へ、瑞紀が首肯した。

「まったく……」

「わけがわからぬではないか……の」

衛悟の言葉に、別の声が被《かぶ》った。

「誰だ」

柄に手をかけて、衛悟は誰何《すいか》した。

「もう忘れたか。つれないぞ、柊」

いつの間にか、離れの縁側に人影が座っていた。

「冥府……」

「刃傷があったと聞いたゆえ、訪ねてきてみたが、まったく事情さえわかっておらぬのか。蚊帳《かや》の外扱いされて、よくぞ娘でございと言えたものだ」

「…………」

瑞紀がうつむいた。

「きさま」

怒りを衛悟は見せた。

「先夜は行き違って、話をせなんだな」

冥府防人が話を変えた。

「うっ」

衛悟は詰まった。松平定信の屋敷からの帰り、襲われた併右衛門と衛悟に冥府防人が、適切な助言をくれた。衛悟ではなく併右衛門へではあったが、助けられたには違いなかった。

「少しは恩に感じてくれているようだな」

満足そうに冥府防人がうなずいた。

「ならば、話をしてもらおうか」

「だから、いっさいの事情がわからぬと」

「ではないわ」

言い返す衛悟を、冥府防人が止めた。

「先日、伊賀者に狙われたではないか。そのわけを訊いている。年中あちらこちらで襲われておるから、慣れてしまったのか」

冥府防人があきれた。

「どう考えてもみょうであろうが。刀などまともに持てぬ奥右筆の刃傷。なにより、きさまがついて行けない城中でのできごと。少し考えてみればわかるであろうが。これが罠《わな》だと」

「罠……」

衛悟ではなく瑞紀が反応した。

「……衛悟さま」

瑞紀が衛悟へ顔を向けた。

「…………」

衛悟は苦い顔をした。

「危ないことはないと仰《おお》せられたはずでございまする」

ぐっと膝を進めて、瑞紀が迫った。

「伊賀者は、お庭番に隠密を奪われ、牙《きば》を抜かれた虎、猫になったかと思っていたが、そうではない」

冥府防人が口をはさんだ。

「あやつらは雌伏《しふく》しておるだけ。いつか、再起のときを迎える日まで。その眠れる伊賀者を、そなたたちは起こした。なにをした」

もう一度冥府防人が訊いた。

「詳しくは知らされておらぬ」

小さく衛悟は首を振った。

「だが、漏《も》れ聞いたところによると、上様のお命に手出しをした者がおるらしい」

「まさか」

「…………」

瑞紀が絶句し、冥府防人は眉《まゆ》一つ顰《ひそ》めなかった。

「大奥で上様が女に害されかけた。大奥を守るのは伊賀者。そこで立花どのは、伊賀者の動きを、奥右筆部屋の書付から探りだすと」

「それか」

冥府防人が言った。

「今宵はこれで失礼しよう。せっかくの二人きりをじゃまして悪かったな。遠慮なく続きをやってくれ」

言い残して冥府防人の姿が消えた。

「伊賀者の罠」

衛悟は呟いた。

第二章　忍の系譜

一

執政衆から外された松平越中守《えっちゅうのかみ》定信であったが、毎日江戸城へ登り、溜間《たまりのま》へ詰《つ》めていた。溜間は譜代《ふだい》最高の席とされ、正式な身分ではないが、幕政顧問として、将軍の諮問《しもん》に応えた。白河《しらかわ》松平は、本来溜間に入れる身分ではないが、御三卿田安《ごさんきょうたやす》家《け》の出と老中首座を長年勤めた褒美《ほうび》として、松平定信一代にかぎって許されていた。

普段は静粛《せいしゅく》な溜間も、今日はさすがにざわついていた。

「刃傷《にんじょう》とは畏《おそ》れ入りましたな」

井伊《いい》掃部頭《かもんのかみ》が、松平定信へ話しかけた。

「さようでございますな」

松平定信も応じた。

「長くこのようなこともなく、上様のご治世も落ち着いておりましたのに」

酒井雅楽頭《さかいうたのかみ》も加わってきた。

「最後に刃傷がござったのは、田沼山城守《やましろのかみ》でございましたかな」

「でございましょう。大騒動でござったそうで」

若い井伊掃部頭がうなずいた。

「聞けば、今回の相手は奥右筆組頭《おくゆうひっくみがしら》だそうでございますな」

井伊掃部頭が続けた。

「いかさま。奥右筆が襲われたらしゅうござるが、自業自得と申すものでございましょう」

うなずきながら、酒井雅楽頭が述べた。

「相続のことを始め、あらゆる書付《かきつけ》を恣意《しい》のままにしておりますからな、奥右筆は。付け届けをくれてやらねば、我ら溜間詰の家柄でさえ、相続の願いが遅れる。なにさまのつもりでおるのであろうか」

憤懣《ふんまん》やるかたないとばかりに、井伊掃部頭が言った。

「まさに、まさに」

譜代最高の血筋である酒井雅楽頭も同意した。

「たかが五百石ほどで傲慢《ごうまん》すぎる。我ら譜代名門の家柄への畏敬がない」

奥右筆は幕府すべての書付にかかわる。そのなかには、大名の隠居、相続、婚姻、出生も含まれた。出生や隠居はまだどうにでもなるが、相続と婚姻はできるだけ早く認可されないと困るのだ。とくに相続が問題であった。

嗣子《しし》なきは断絶。泰平が続き、末期《まつご》養子も許されるようになったとはいえ、家康の決めた幕府の祖法である。当主の急病、あるいは急死に伴う相続は、一日でも早く認めてもらわねば、家の存続に影響した。

しかし、相続の願いの書付も、奥右筆部屋をとおらないことには、将軍の前へ出されない。一日何百枚という書付をあつかう奥右筆は、多忙である。書付のなかには、老中たちから出されるものもある。順番通りに待っていては、政《まつりごと》へ影響が出ることもある。どの書付から処理するかは、奥右筆の判断に任されていた。

奥右筆はそれを悪用した。早く通して欲しいなら、相応の対応を取れ。表だって言うわけではないが、暗に奥右筆は、付け届けを要求した。

当然、大名や役人たちから嫌われていた。

「相手は逃げたそうでござるな」

「そのように坊主が申しておりましたの」

「どうせ、奥右筆に金をむしられた小旗本でございましょう。頭に血がのぼって、刀を抜いてしまった。我に返って大慌《おおあわ》てで逃げ出したというところでございましょう」

「掃部頭どのの言われるとおりであろうな」

酒井雅楽頭がうなずいた。

「これであやつらも少しはおとなしくなりましょう」

「さよう、さよう」

二人が笑った。

「ちと、御免《ごめん》を」

話しこんでいる井伊掃部頭と酒井雅楽頭へ、小声で断った松平定信が溜間を出た。

溜間は、徳川にとって格別の家柄が座る場所である。執政衆として出るときは、大老となるのが慣例の溜間は、将軍の居間であるお休息の間から、それほど遠くない。

松平定信は、将軍お休息の間へと向かった。

「越中守さま、お目通りでございましょうや」

お休息の間外襖際《そとぶすまぎわ》で控えていた小姓番《こしょうばん》が、松平定信へ問うた。

「願えるか」

「うかがって参りまするゆえ、しばし、ここでお待ちを。頼みました」

小姓番が、合い役へ目配《めくば》せをした。

「そのまま」

付いて入ろうとした松平定信を、残っていた小姓番が咎《とが》めた。

「おう。気がつかぬことをした」

松平定信は詫《わ》びて、腰を下ろした。

「お役目ご苦労なことだ」

「…………」

小姓番は、松平定信の気遣《きづか》いにも対応しなかった。

「刃傷の当日では、無理ないか」

松平定信は嘆息した。

殿中での刃傷は、将軍を守るべき小姓番、新御番《しんごばん》などにとって、なにより緊張する事件であった。

将軍の御座近くで刃物が抜かれたのだ。万一、将軍の身に傷でもつけば、小姓番、新御番は、全員腹を切らなければならなくなる。

「上様がお目通りをお許しになられました。どうぞ」

最初の小姓番が戻ってきた。

「越中守さま……」

「わかっておる。預けた」

言われて松平定信が、脇差《わきざし》を差し出した。

「お帰りにお返しいたしまする」

丁重に小姓番が脇差を受け取った。いつもは、腰に差したままで入る。それが、今日は違った。

「日頃からしておれば、あわてずにすむのだぞ」

松平定信は苦言を呈《てい》した。

「はっ」

緊張した表情のまま、小姓番が、頭を下げた。

「小姓をからかっておらず、さっさと入ってこぬか。越中」

なかから家斉が呼んだ。

「畏れ入りまする」

お休息の間下段へ、松平定信は進んだ。

「刃傷の話なら、もう聞かぬぞ」

家斉がげんなりとした顔をした。

「朝から目付が報告に来る、執政が状況の説明に来る、別の老中が、万一の対応について指示に来る」

「はあ」

松平定信は生返事をするしかなかった。

「また誰も彼も口をそろえて、刃傷の片割れが見つからぬので、本日はお一人になられませぬようにと言いおる。のう、越中。躬《み》が一人きりになることはあるのか。厠《かわや》にまで小姓が付いてくるのだぞ」

あきれた口調で家斉が言った。

「家臣一同、上様の御身たいせつにと思えばこそでございまする。そのように苦いお顔をされては、今後上様へ忠言申しあげる者がおらなくなりまする」

「わかった。わかった。まったく、越中、そなたが一番うるさいわ」

大きく家斉が手を振った。

「ちょうどよい。越中供《とも》をせい」

家斉が立ちあがった。

「お庭でございまするか」

「うむ。少しは動かぬと気が滅入《めい》るわ」

「お供つかまつりましょう」

松平定信も腰をあげた。

「上様」

小姓組頭が、あわてた。

「うろんの者が捕まりますまで、どうぞ、お休息の間より、お出ましになられませぬよう」

「いつ捕まるのじゃ」

「……それは」

問われた小姓組頭が詰まった。

「明日か、十日先か、半年先か。それとも一生か。躬はそやつが捕まるまで、亀のようにここへ籠《こ》もっておらねばならぬのか」

「…………」

小姓組頭は沈黙した。

「上様、おいじめになられてはいけませぬ」

笑いながら松平定信が意趣返しをした。

「わかっておるが、躬はなんだ。武家の棟梁征夷大将軍《とうりょうせいいたいしょうぐん》であろう。それが、一人を怖れて、出歩くこともできぬとなっては、名折れである」

家斉が言い返した。

「はい。ですから、わたくしめはお止めいたしませぬ。お供をさせていただきまする」

「越中守さま」

あわてて小姓組頭が、松平定信を見上げた。

「余《よ》が身をもってでもお守りする。それにうろんの者は、城中を出たようにも聞いた。とても上様のお側《そば》近くまで来ることはできまい」

「ですが……」

小姓組頭は退かなかった。

「そなたが職務に忠実なことはよくわかっておる。しかし、上様へご辛抱《しんぼう》ばかり強いるのもよろしくはあるまい。この江戸城の主《あるじ》は上様ぞ。上様が自在に動かれぬなど、論外であろう」

「ではございますが」

まだ小姓組頭が食い下がった。

「ええい、うるさい」

家斉が怒った。

「上様。よろしくございませぬ」

きつく松平定信が注意した。

「上に立つ者、感情のままに言葉を発しては、影響が大きすぎまする」

松平定信が諭《さと》した。

「そなた名は」

「柏田主水正《かしわだもんどのしょう》にございまする」

小姓組頭が名乗った。

「主水正、そなたたち小姓で庭を探索して参れ。異常がなければ、余が上様をお連れする。万一不審なものあれば、上様にはご辛抱いただき、目付を呼ぶ。これでどうじゃ」

落としどころだぞと松平定信が述べた。

「承知いたしましてございまする。おい、新御番も呼べ。お庭をあらためる。そなたたちは、このまま残れ」

四人を残して、柏田が出て行った。

「越中」

家斉が呼んだ。

「助かったぞ」

近づいた松平定信へ、家斉がささやきかけた。

「いかに忠義とはいえ、あまり逆らわれては、躬の立場がなくなる。かといって、罷《ひ》免《めん》するわけにもいかぬ。難しいところであった」

小さく家斉が嘆息した。

政の実権は執政に奪われたとはいえ、将軍の一言は重みを持って受け止められた。

「不埒《ふらち》」

「気に入らぬ」

「たわけ」

家斉がこのように発するだけで、役人の首が飛んだ。

とくに家斉の側にいる者が被害に遭《あ》いやすかった。所作の一つ一つを見ているのだ。当然気に入らぬこともでてくる。小姓、小納戸《こなんど》など、ほぼ一日中家斉の周りに控える者たちの気遣いは相当であった。

もちろん、見返りも多い。気働きがきき、将軍の寵愛《ちょうあい》を受ければ、出世を摑《つか》めた。小姓組頭から、書院番頭を経《へ》て大番頭《おおばんがしら》と登っていく番方の出世道である。

「大事ございませぬ」

たっぷり半刻《はんとき》（約一時間）近く使って、ようやく柏田が認めた。

「大儀であった」

家斉が褒《ほ》めた。

「畏れ入りまする」

これで先ほどの叱責《しっせき》はなかったことになった。

庭へ出た家斉は、まっすぐに四阿《あずまや》へと向かった。

「おるか」

「これに」

呼びかけに応じて、お庭番村垣源内《にわばんむらがきげんない》が姿を現した。

「小姓どもの探索などする意味もない。現に源内は見つかっておらぬ」

「お庭番と曲者《くせもの》を一つにしてはかわいそうでございましょう」

家斉の文句に松平定信は苦笑した。

「越中も同席させるが、よいな」

「はっ」

確認する家斉に、村垣源内が首肯《しゅこう》した。

「刃傷の顚末《てんまつ》を知りたいのであろう、越中守」

「お見通しでございまするか」

松平定信が感心した。

「何年、主従をやっていると思うのだ」

家斉が笑った。

「上様がまだむつきをなされていたころからでございましょうか」

「馬鹿を申すな」

「よろしゅうございましょうか」

主従二人のたわむれに村垣源内が口を挟んだ。

「奥右筆組頭立花併右衛門が襲われたというのが刃傷のありようでございまする」

「立花も刃《やいば》を抜いていたと聞いたが」

「鞘《さや》ごと抜いて防いでいるうちに、割れて刃が露《あら》わになったとのこと」

松平定信の問いに、村垣源内が答えた。

「逃げたほうでございまするが、立花にはまったく覚えがないそうでございまする。現場にいた者たちも見たことのない者だったとか。それがいきなり奇声を発し斬りかかってきたと」

「では、立花に罪はないということか」

「そうは参りますまい」

家斉の言葉を、松平定信が否定した。

「刃傷の原因を立花が作ったのやも知れませぬ。やむにやまれぬ恨《うら》みというのもございまするゆえ」

「喧嘩《けんか》両成敗か」

いかなる理由があろうとも、武家の私闘は厳禁であった。当然である。侍はすべて主君のために命を捧げているのだ。それを己《おのれ》の無念不満のためにかけるのは、ご恩と奉公を基本とする主従関係を崩すことであった。

「はい」

問いかける家斉へ、松平定信がはっきりとうなずいた。

「五代将軍綱吉さまを批判するか、越中」

家斉が厳しい顔をした。

「そういうわけではございませぬ。しかし、赤穂《あこう》浪士の轍《てつ》を踏むのはよろしくないかと」

頭を下げながらも松平定信が述べた。

「源内の話を聞いていなかったとでも言う気か」

口調を緩めることなく、家斉が言った。

「…………」

「そこまでして奥右筆を殺したいか」

「……うっ」

家斉に指摘されて、松平定信が息を呑《の》んだ。

「お庭番の目を忘れたか。越中、奥右筆へみょうな手出しをして、嚙《か》みつかれたな」

「申しわけございませぬ」

松平定信が詫びた。

「婿《むこ》を斡旋《あっせん》くらいはよいが、押しつけはするな。奥右筆を自家薬籠中《じかやくろうちゅう》のものとすることはならぬ。奥右筆は、執政に奪われた将軍の権を守るための壁ぞ」

はっきりと家斉が告げた。

奥右筆の起源は、五代将軍綱吉の御代までさかのぼった。病弱でひ弱であった四代将軍家綱の跡を継ぎ、将軍となった綱吉は、江戸城に入って嘆息した。儒教を幼少のころから学び、将軍親政を理想としていた綱吉に対し、執政たちは、将軍は決定にうなずくだけで、よしとして、何一つさせなかった。

傍系《ぼうけい》から入ったことで侮《あなど》られていた綱吉に、執政たちを抑えるだけの力はなかった。そこで綱吉は、右筆《ゆうひつ》にまとめられていた業務を、表と将軍のわたくしの二つにわけた。

将軍家にかかわることをなす者を表《おもて》右筆とし、政にかかわる者を奥右筆とした。奥右筆に腹心をそろえた綱吉は、幕政すべての書付は奥右筆の手を経なければならないと決めたのだ。

こうして幕政は奥右筆の筆を経なければならなくなり、綱吉の手へと還った。

「もっとも、将軍一人にすべてを任せると、生類憐《しょうるいあわ》れみの令のように碌《ろく》なことにはならぬ。とはいえ、奥右筆は不偏不党、ただ将軍家への忠誠にのみ拠《よ》る。それを侵《おか》すことは、たとえ一門の越中でも許されぬ」

「はっ」

凜《りん》とした家斉へ、松平定信が頭《こうべ》を垂《た》れた。

「では、奥右筆はお咎めなしになされまするか」

「いいや」

松平定信の問いに、家斉は首を振った。

「躬が裁定をするほどのことではない。目付の取り調べをもって終わらせる」

「では、目付が罪在《あ》りとしたならば……」

「評定所《ひょうじょうしょ》へ送り、判断させることになろうな」

家斉が答えた。

目付には将軍と直接話をする権が与えられている。目付が併右衛門を処すべきとして報告し、それに家斉が首肯すれば、その日のうちに切腹となる。だが、家斉はそれをしないと宣した。

「なぜそのようになされまするか」

「併右衛門を評定所に出せばどうなる」

「申し開きをいたすでございましょうな……あっ」

松平定信が目を見開いた。

「まったく、奥右筆憎しで凝《こ》り固まるゆえ、そのていどのことにも気づかぬのだ。いつもの越中守らしくないぞ」

「言いわけのしようもございませぬ」

深々と松平定信が詫びた。

評定所は幕政最高の裁定場所である。老中、寺社奉行《ぶぎょう》、町奉行、勘定《かんじょう》奉行で構成され、政の決定から、大名旗本の裁判までをおこなった。もっとも昨今は、執政衆が多忙につき、老中の臨席は形骸《けいがい》となっていたが、家斉の命での評定となれば、ことは変わる。

「評定所は、裁決をおこなうところであるが、呼び出された者に最後の弁明を許す場でもある。当然、奥右筆は、なぜこうなったのかを滔々《とうとう》と論じるであろう。なにせ、己の命がかかっているのだからな」

「はい」

「そして、奥右筆の言いぶんは、執政から奉行までの耳へ入る。当然、何らかの動きがでよう。虚《うつ》けどもに、躬は執政をさせているわけではないからな」

家斉が語った。

「もし、この度《たび》の刃傷の裏に誰かがいれば、立花へ話をさせるのは、まずい」

「そして、あれが、乱心であったのならば、この場で立花は身の潔白を立てられる」

君臣は顔を見合わせた。

「畏れ入りましてございまする」

松平定信が感心した。

「躬はな、城中で刀を抜いてはならぬとの不文律を破った者が気に喰《く》わぬ。江戸城は躬のものぞ。己の屋敷で、刃物を振り回されて笑える者などおるか」

不機嫌な顔で家斉が言った。

「どこの愚か者か知らぬが、躬の城中で刃を出したことを後悔させてくれる」

家斉が宣した。

「源内、奥右筆から目を離すな」

「すでに、二人付けておりまする」

命じられた源内が返した。

「よし」

満足そうにうなずいて、家斉が松平定信へ顔を向けた。

「越中守、宗家にいろいろと文句もあるだろうが、眼を曇らせてくれるな。躬は、そなたの処断に許しを出したくはない」

「…………」

無言で松平定信が礼をした。

二

三方の襖《ふすま》を釘で打ち付けた即席の座敷牢《ざしきろう》で、併右衛門は沈思していた。

「考えろ、併右衛門」

併右衛門は己を鼓舞した。

「見たことのない男であったのはまちがいない」

刃傷の始終を併右衛門は何度も思い出していた。

「しかし、あやつは、儂《わし》の名前を呼びながら、この間の遺恨《いこん》覚えたかと叫んだ」

併右衛門は首をひねった。

「儂とて、都合で仕事を遅らせたこともある。早めたこともある」

奥右筆の余得は、公然であった。それこそ、盆暮れの挨拶《あいさつ》と同じような感覚で、併右衛門も物品や金を受け取っていた。

「もちろん、儂だけではない。現在の奥右筆はおろか、過去、この役に就《つ》いていた者、全員がしていたことだ」

併右衛門は、己が悪いことをしているとは思っていなかった。

「昨今では、あの松平真二郎《まつだいらしんじろう》だけだな」

無理矢理瑞紀をさらって、吾《わ》がものにしようとした旗本千五百石松平家の次男へ、併右衛門は手痛い反撃を加えていた。

奥右筆組頭を敵に回した恐怖から、松平家は真二郎を切り捨て、はるか身分の低い御家人の家へ婿養子に出してしまった。

「あやつに恨まれたのならば、わかるのだが、顔は違った」

真二郎と見間違うはずはなかった。

「松平家の手の者か。だとしたら、妙手だ。わざわざ儂の名を呼んでくれたからな。ただの乱心者で押し通すことは難しい」

小さく併右衛門はため息をついた。

「相手の正体も気になるが、まずは、生きねばならぬ。脇差は抜いたのではなく、割られた。まずこれを認めさせねば、ならぬ」

名前を叫ばれているだけに無罪放免とはいかないが、なにより切腹を免《まぬか》れねば意味がなかった。

「役目は辞めざるを得ぬだろうが、生きてさえいれば、また復帰することもできよう」

併右衛門は独りごちた。

「……屋敷にも報せがいったであろうなあ。瑞紀は大事ないであろうか」

目を閉じて併右衛門は娘を想った。

「気の強いようで、脆《もろ》いところがある。気をしっかりともっていてくれればいいが

「……」

「立花どの」

部屋の外で見張っている徒目付《かち》が呼んだ。

「なんでござろう」

併右衛門が答えた。

「奥右筆の仕事で、貴殿でなければわからぬことがあると、同役の加藤どのが来られておる」

徒目付が用件を述べた。

「よろしいのか」

まだ確定はしてないが、罪人の扱いを受けている。併右衛門は確認した。

「目付どのの許しは得てござる」

襖の向こうで加藤仁左衛門の声がした。

「開けますぞ。ただし、外に出ることは許可できませぬ」

「承知しております」

併右衛門は首肯した。

「立花どの」

まだ半日ほどであったが、併右衛門には十日ぶりほどに思えた。

「早速でござるが……」

そそくさと加藤仁左衛門が、手にしていた書付を差し出した。

「拝見つかまつる」

居住まいを正して併右衛門は、書付を受け取った。

「垣見《かきみ》家の家督相続願いでございますな。これについては、このままお認めいただいてよろしゅうござる」

併右衛門は垣見から届けられた小判の色をまだ覚えていた。

「勘定吟味役里見内膳《かんじょうぎんみやくさとみないぜん》どのを勘定組頭へ異動させたいと勘定奉行三井三河守《みついみかわのかみ》さまからのお言葉……これは、監察する者がされる側に変わるというのは、いかがなものかと付箋《ふせん》を付けてご老中さまへお渡しくだされ。前例のないわけではございませぬが、後々の問題となりかねませぬゆえ」

次々と併右衛門は、処理していった。

「これは……」

最後の一枚を見て、併右衛門は目を見張った。そこには、なにか手伝えることはないかと書かれていた。

「なかなかに難しい判断をせねばなりませぬな」

併右衛門は考えた。

「前例をあたるしかございますまい」

「やはり、そうするのがよろしいか」

加藤仁左衛門が同意した。

「はい。過去に何例かこういうことはござったはず。当然、そのあとどうなったかも記されておりましょう。それを参考にいたさねば、なまなかに判断できるものではありませぬ」

「承知つかまつった。では、前例を調べてから、もう一度来るといたしましょう」

そう言って加藤仁左衛門が、去っていった。

「襖を閉めまするぞ」

徒目付の手によって、ふたたび併右衛門は一人きりになった。

「かたじけない、加藤どの」

併右衛門は頭を下げた。

「儂は、かならずここを出る。あのような輩《やから》の策にはまったままですませはせぬ」

決意を併右衛門は口にした。

「帰るまで、娘を頼むぞ、衛悟」

併右衛門の頰《ほお》に一つ涙が伝わった。

稲荷社《いなりやしろ》の維持は町内の有志によっておこなわれていた。

「お灯明《とうみよう》をつけますよ」

残照の残るうちにとやってきた町内で小さな商家を営む老人が、稲荷社の灯明へ灯を入れた。

「油は足りてますね。これなら、夜中までもちそうだ」

老人が呟《つぶや》いた。

一夜灯りの管理できる者がいる規模の大きな寺社はまだしも、火事を嫌った江戸では、灯明といえども一夜中つけていることはなかった。

「あとで消しに来ますので」

社を拝んだ老人は、足下の砂が黒くなっているのに気づいた。

「白砂だったはずだが、誰か墨でも捨てたか。手習いの子供か。いたずらものが」

老人が舌打ちした。

「ずいぶん多い。社の後ろから伝ってきているような……ひいいいいい」

裏へ回った老人が悲鳴をあげた。

「人が、お侍が、腹を切ってる」

たちまち町内は大騒動になった。

町屋で起こったことは、まず町内の自身番へ報され、そこから町奉行所に届けられた。

「戸板を用意してくれ。仏を大番屋へ」

呼び出された定町廻《じょうまちまわ》り同心が命じた。

「へい」

自身番から出された若い衆が二人で戸板の上へ、遺体をのせ、稲荷社から運び出した。

「いかがでござんすか」

定町廻り同心の配下である小者が訊《き》いた。

「どうもこうもねえな。ありゃあ、あきらかに侍だぜ。身形《みなり》からいって旗本衆らしい。こっちは管轄《かんかつ》違いだよ」

手出しはしないと定町廻り同心が宣した。

「お奉行さまを通じて、お目付さまへご報告して、お役ご免だな」

鼻についた血のにおいを捨てるかのように、定町廻り同心が勢いよく息を出した。

「奉行所までお供いたしやす」

小者が媚《こ》びた。

「精進落としをしなきゃな。終わってから一杯つきあえ」

「よろこんで」

誘いに小者がのった。

「暗くなって来やがった。おい、提灯《ちょうちん》を出して、前を行け」

「へい」

小者が懐《ふところ》から提灯を出して灯を付けた。

「腹を切ったことはねえが、あんなに深く刃をいれるものかね」

小さく定町廻り同心が首をかしげた。

「お下知者《げちもの》じゃなきゃいいが。そうなれば、かかわりないとはいえなくなる。下手すれば、夜を徹してになる」

定町廻り同心がぼやいた。

お下知者とは、旗本御家人などで罪を侵し、町屋へ逃げた者のことだ。本来ならば町奉行の手出しできない相手であるが、目付をつうじ若年寄から町奉行へ依頼が出れば、捕縛に向かわなければならなかった。

「嫌な予感ほどあたりやがるからなあ」

夜空を定町廻り同心が仰いだ。


町奉行所からの連絡は、すみやかに目付部屋へもたらされた。

「切腹した者の死体が」

宿直番《とのいばん》として部屋に残っていた目付が色めき立った。

目付の重要な役目に、城中の火の番を監督するというのがあった。一夜中城中を見回る火の番を指揮するだけでなく、火事などの際には、消防から避難までを司《つかさど》った。

「拙者《せっしゃ》が参りまする」

取り調べた併右衛門が城中に止められている関係で、臨時に居残っていた西方が名乗り出た。

「そうしてくれ。他の者は、手が空かぬ」

当番目付も認めた。

すでに大手門は閉められていたが、非常出役として火事場臨検などにも出る目付は、昼夜問わず、江戸城のどの門からでも出入りできた。

「出役である」

名乗らなくとも、黒の麻裃《あさがみしも》姿は、目付独特の格好である。門を警衛している書院番士は、なにも言わず潜《くぐ》り門《もん》を開けた。

大番屋は八丁堀《はっちょうぼり》内、南茅場町《みなみかやばちょう》智泉院《ちせんいん》山王旅所《さんのうたびしょ》の近くにあった。

「目付西方内蔵助である」

同行している小人《こびと》目付に、障子を開けさせて西方が、大番屋へ足を踏み入れた。

「お待ちいたしておりました。南町奉行所廻り方同心一畑啓介《いちはたけいすけ》でございまする」

待機していた定町廻り同心が頭をさげた。

「ご苦労である。そなたが、担当しておるのだな」

「はい。わたくしの廻り地の稲荷社の裏で、死んでおりました」

「……ほう」

すっと西方が目を細めた。

「先に見せてもらおう」

「こちらで」

西方の求めに、一畑が先導した。

士分らしいということで、遺体は土間ではなく、板の間に置かれていた。

「めくれ」

かぶせられている筵《むしろ》を、言われた小人目付がめくった。

「このままであったか」

「はい」

一畑がうなずいた。

庫助は、座ったままの形で硬直していた。

「衣服を拡げよ」

「はっ」

二人の小人目付が、庫助に取り付いた。

小人目付は、変事立ち会い、牢屋《ろうや》敷《しき》見回り、遠国《おんごく》御用の目付の供などを任とする。

十五俵一人扶持《ぶち》、幕臣ともいえないほどの下僚であった。

「腕が動きませぬ。衣服を切ってよろしゅうございまするか」

しばらく努力したが、固まった庫助の腕は硬く、無理をすれば折れそうであった。

「許す」

西方が首肯した。

小柄《こづか》を使って小人目付が器用に、庫助を裸にした。

「下帯はいい」

「承知いたしましてございまする」

すぐに庫助は、下帯だけの姿になった。

「灯りをもて」

大番屋のなかはいくつもの灯明でかなり明るかったが、それ以上を西方は求めた。

「作法どおり、左から右へ切っているな」

「はい」

蠟燭《ろうそく》の火で照らしながら、一畑も同意した。

「切腹を見たことはあるか」

「あいにく」

西方の問いに、一畑が首を振った。

「覚えておくがいい。切腹は、予《あらかじ》め経験しておくことができぬ。ゆえに、最初に突き立てるとき、ためらって何度も浅い傷をつくるか、思い切りすぎて深く入りすぎるかのどちらかになる」

傷口を示しながら西方が告げた。

目付の仕事に、罪を得た幕臣の切腹へ立ち会うというのもあった。西方は一度だけ、切腹を見ていた。

「今はほとんど、刀を腹に模したところで、介錯《かいしゃく》が首を落とす。武家が切腹の痛みで、醜態をさらすようになったからだという。といっても介錯するほうも慣れておらぬのでな。早すぎたり遅すぎたりすることがままある」

「はい」

一畑が真剣な顔で聞いた。

「深いな」

「でございまする。ためらうことなくまっすぐに突き刺したようで」

西方のつぶやきに、一畑が同意した。

「覚悟の自害と見るべきなのだろうが……」

「お気になるところでも」

一畑が尋《たず》ねた。

「殿中刃傷の話は知っておるな」

「はい。お下知が回っております」

「迷惑な話であろう」

小さく西方が笑った。

「……有り様は」

正直に一畑も答えた。

江戸町奉行に属する同心は、南北合わせて二百四十人いた。そのなかで実際に町屋の治安にかかわるのは、定町廻り十二人と臨時廻《りんじまわ》り十二人の合わせて二十四人でしかない。それで江戸の町屋全部を担当するのである。猫の手を借りたいほど忙しい。毎日の日課をこなすだけで精一杯なのだ。そこへお下知者の探索など持ちこまれては、たまったものではなかった。

「正直なやつだ」

「畏れ入りまする」

「よし、もう筵をかけていい」

西方が、庫助から離れた。

「お下知者でございますか」

「おそらくな。見ていた者から聴いた人相風体によく似ておる」

問われて西方が答えた。

「どういたしましょうか」

遺体の扱いについて一畑が訊いた。

「身元が知れておらぬのだ」

「……旗本ではございませぬのか」

「わからぬ。どこからも失踪人《しつそうにん》の届けが出ておらぬ。役付ならば、三日の内にわかる。役所へ出て来ぬからな。問題は無役で、縁戚の少ない者よ。いなくなっても誰も気づかぬ」

「たしかに、深川《ふかがわ》あたりの無頼《ぶらい》御家人ともなれば、調べようがございませぬ」

一畑も同意した。

「顔見知りがいれば、すぐなのだろうが、まさか、日本橋《にほんばし》へ晒《さら》すこともできまい。かといって、いつまでも置いてはおけぬ」

「はい。すでに臭《にお》いがでております。おそらく、面体《めんてい》がわからなくなるまで、五日もかかりますまい」

「塩漬けにするか」

「申しあげにくいことでございまするが、塩漬けは止《や》められたほうがよろしいかと」

西方の提案に、一畑は首を振った。

「数年前、殺した女を塩漬けにして隠していた事件がございました。あのおり、塩漬けの死体を見ましたが、かろうじて女だとわかるていどで、人相を判断するのは無理でございました。水気を失ったうえ、結局は腐りまする」

思い出したのか、一畑が渋い顔をした。

「そうか。かといって、勝手に埋葬するわけにもいかぬ。城に戻って検討するゆえ、もうしばらくこのままで置いておくように。町奉行どのには、こちらから連絡しておく」

「……承知いたしましてございまする」

目付は町方同心にとって、雲の上の相手である。一畑は一瞬の沈黙を見せただけで引き受けた。

「身内は探せぬが、この者の顔を判別できる者ならおる。明日朝、連れてくる。頼んだぞ」

小人目付二人を従えて、西方が大番屋を去っていった。

「はあ。やっぱり厄《やく》だったぜ」

一畑が嘆息した。

三

四谷《よつや》の伊賀者《いがもの》組屋敷は静まりかえっていた。

「組頭、八田を殺されたのは、まことで」

一軒の長屋に集まっていたお広敷《ひろしき》伊賀者同心の一人が、口を開いた。

「うむ。もし、生きたまま捕らえられれば、困ることになろう」

組頭の藤林が答えた。

「伊賀者が、誰に捕まると。お庭番でございますか、それとも甲賀者《こうがもの》で」

別の同心が、強い口調で問うた。

「そのようなことはないと信じてはおるが、万一ということもある。かの戦国の軍神上杉謙信《うえすぎけんしん》を見よ。腹を下したおかげで、厠へ籠《こ》もることになり、我らが先祖によって尻の穴へ槍を突き立てられて死んだではないか」

藤林が述べた。

「…………」

配下の伊賀者たちは黙ったが、不満の雰囲気は消えていなかった。

「庫助は、伊賀のために身を捧げたのだ。奥右筆の手が伊賀へ伸びるのを防いだ。八田の家には、弟がいたな」

「これに」

部屋の片隅から返答があった。

「修行は積んでおるな」

「はい。伊賀の里で十年過ごしましてござる」

問われた庫助の弟が答えた。組内でしか通婚しない。婿養子となる次男三男も、忍《しのび》としての鍛練を欠かしてはいなかった。

「家を継ぐがいい」

「このような時期に、相続願いをあげられるつもりか。それこそ、伊賀者へ疑いの目をむけることになりましょう」

最前列に座っていた歳嵩《としかさ》の伊賀者が異論を唱えた。

「相続ではない。庫助と入れ替わるだけだ。兄の顔を知っているのは、我ら伊賀者同心だけ。お広敷の役人どもは、我らを人と思っておらぬ。誰一人顔など覚えてもおるまい」

嘲《あざけ》るような笑いを藤林が浮かべた。

「兄の跡ではない。兄になるのだ。弟よ」

「では、義姉上《あねうえ》はどうすればよろしいのか」

弟が訊いた。

「言ったであろう。そなたが、兄になるのだと。義姉ではない。妻ぞ」

藤林が告げた。

「承知」

小さく弟が首肯した。

「庫助は死んでおらぬ。いいな」

無理を藤林が押しつけた。

「では、我らはこれで」

歳嵩の伊賀者が用件は終わったと立ち上がりかけた。

「まだだ」

手をあげて藤林が止めた。

「なにかござるのか」

座り直した歳嵩の伊賀者が尋ねた。

「庫助はよくやった。しかし、目的は果たされていない」

「奥右筆組頭は、まだ死んでいないと言われるか」

歳嵩の伊賀者が言った。

「そうだ。庫助は、奥右筆の脇差の鞘を割り、刃をむき出しにさせた。そのため、奥右筆は目付に捕らえられた。殿中で白刃を露わにした者は死罪。その不文律に触れた」

「ならばよいではござらぬか。数日で、奥右筆には切腹の沙汰《さた》がおりましょうに」

藤林の不満へ、歳嵩の伊賀者が応えた。

「絶対か、それは」

「…………」

歳嵩の伊賀者が黙った。

「奥右筆が死なぬかぎり、伊賀者に先はない。かつて隠密御用《おんみつごよう》で、浮かした金を私《わたくし》していたことが明らかになれば……伊賀は潰《つぶ》されるぞ」

「そこまではされますまい。伊賀がなくなれば、困るのは御上じゃ。これほど安い禄《ろく》で、大奥の守りをなせる者など、他にはおらぬ」

組頭の言いぶんを、歳嵩の伊賀者が否定した。

「たしかにそうじゃ」

一同がうなずいた。

「たわけが。うぬぼれるのもたいがいにせい」

厳しく藤林が叱《しか》った。

「諸藩の若党の禄を知っておるか、三両一人扶持ぞ。いかに安いとはいえ、我らの禄は一年で十両をこえる。代わりを務める者は、いくらでもおるわ」

「だが、そのような者に我らのような技術はござらぬぞ」

歳嵩の伊賀者が抗弁した。

「要《い》るのか、忍の技が、今の伊賀者の役目に。隠密御用をお庭番に取られ、役目といえば大奥の廻りを巡回し、出かける大奥女中の供をする。忍でなければならぬ理由などないではないか」

「上様が大奥へ入られたときの陰供《かげとも》はどうするのだ」

まだ歳嵩の伊賀者は納得しなかった。

「大奥で上様が襲われたことなどあるか。我ら以外の手で」

「うっ……」

歳嵩の伊賀者が詰まった。

「天下泰平の世に、忍の居場所はない」

きっぱりと藤林が言い切った。

「な、なんと」

「そんなことは」

「いかに組頭といえども、言ってはならぬことじゃ」

一同が騒然となった。

「落ち着け。よく考えろ。八代将軍が吉宗となってから、伊賀者に忍らしい任はあったか」

吉宗に敬称を藤林はつけなかった。

「お庭番が奪っただけじゃ」

誰かが言い返した。

「違うであろう。では、お庭番はどうだ。たしかに薩摩《さつま》飛脚《びきやく》と称し、島津《しまづ》の本拠まで忍んで行っている。だからといって、島津は潰されたか。禄を減らされたか。違うであろう。他の大名を見てもわかろう。潰されたのは、跡継ぎがないか、領内で一揆《いっき》が起こったかのどちらか。つまり、隠密が暴《あば》いた幕府転覆の陰謀などで潰された家はない」

「…………」

冷や水をかけられたように、一同が黙った。

「なにより、今の大名に幕府を倒すだけの気概《きがい》などない。薩摩の島津も、長州《ちょうしゅう》の毛利《もう り》も、加賀《かが》の前田《まえだ》も、仙台の伊達《せんだいいだて》も、幕府の機嫌を取ることに汲々《きゅうきゅう》としているだけではないか」

「組頭、それでは隠密は」

「意味はないな」

「お庭番は……」

「飾りよ」

藤林が切り捨てた。

「わざわざ紀州《きしゅう》から家臣を連れてきて、伊賀者から探索御用を取りあげた。これは、傍系から来たことで侮られると考えた吉宗の手よ」

「なんと……」

「あのころ、伊賀は御用部屋の隠密であった。将軍から下命を受けることは絶えて久しくなっていた。つまり、執政を出すような譜代の家柄にしてみれば、伊賀の隠密は吾が家臣と同じ、まちがえても己の屋敷に忍ぶことはない。それを覆《くつがえ》すために、吉宗に忠誠を誓うお庭番が、新たな隠密となった。いつでも、おまえたちのあら探しをできるのだぞと吉宗が、執政たちへ見せつけるために」

「なるほど。根来修験《ねごろしゅげん》の出であるお庭番風情に、我ら伊賀を凌駕《りょうが》する技があるはずはない」

歳嵩の伊賀者が大きくうなずいた。

「これでわかったか。もう、御上に忍は要らぬのだ。なればこそ、我らはわずかな傷さえ見せてはならぬ」

噛んで含めるように藤林が語った。

「隠密御用の余得があればこそ、人に優れた忍の技を継承できたとはいえ、金をごまかしたのはたしかなのだ。そのことに気づいた奥右筆組頭は殺さねばならぬ」

「おう」

一同が首肯した。

「幸い、奥右筆は城中の一室に監禁されている」

「襲うのでござるな。ならば、是非《ぜひ》、それがしに」

八田の弟が声をあげた。

「たわけ、襲っては意味がない。目付が監督し、徒目付が見張っているのだぞ。その奥右筆を襲ってみろ、下手人は忍でございと言っているようなものではないか」

藤林があきれた。

「ではどうするので」

「自害したように見せかけるのだ」

「……自害。なれど、奥右筆は身に寸鉄も帯びておらぬはず」

小さく八田の弟が首をかしげた。

今の併右衛門は罪人扱いである。自害でもされれば、目付の責任となる。座敷牢に押しこまれる前、併右衛門の身体は徹底して調べられ、刃物のたぐいはすべて取りあげられていた。

「舌を嚙ませるか。二人おればできよう」

歳嵩の伊賀者が提案した。

当て身を喰《くら》わせ、気を失わせた後、一人が舌を引き出し、もう一人が顎《あご》を上下から押さえつける。こうすれば、自害に見えた。

「それしかあるまい」

ゆっくりと藤林が首を縦に振った。

「誰が行く」

「兄の仇討《かたきう》ちでござる。譲れませぬ」

八田の弟が名乗りをあげた。

「そなたは、名は」

「一弥《かずや》でござる」

「よし、もう一人は……そうだの。高蔵《たかくら》、そなたに頼む」

「承知」

呼ばれた伊賀者が受けた。

一夜が明けた。

座敷牢で併右衛門は一睡もできなかった。

「お目付さまのお見えである」

襖が開いた。

「おはようございまする」

併右衛門はていねいに挨拶をした。

「うむ」

鷹揚《おうよう》にうなずいて、西方が上座へ腰を下ろした。

「なにかわかりましてございまするか」

待ちかねたと併右衛門は問うた。

「そなたを襲ったと思われる者が見つかった」

「それは……ありがたい。これで、わたくしの身の潔白は晴れましたな」

大きく併右衛門は安堵《あんど》のため息をついた。

「あいにく、そうはいかぬ」

冷たく西方が言った。

「どうしてでござる」

「死んでおるからだ」

「そんな……」

解放される喜びを感じただけに、併右衛門の落胆は大きかった。

「ついては、まちがいなくそやつが、そなたを襲った者かどうかの確認をせよ」

目付は旗本に対して絶対ともいえる権を持つ。西方は尊大に命じた。

「はい」

肩を落として、併右衛門は同意した。

さすがに縄をかけられはしないが、併右衛門は、徒目付と小人目付の包囲のもと、大番屋まで出向いた。

「うっ」

一歩踏み入れて併右衛門は顔を覆《おお》った。嗅《か》ぎ慣れない腐臭に驚いたのだ。

「めくれ」

西方の命で、筵がはがされた。

「どうだ」

見ろと促されて、併右衛門は目をやった。

「この顔でござったようにも思えまするが、少し人相が変わっておりますので、たしかにそうだとは……」

併右衛門は首を振った。

「衣服を」

「これに」

言われて一畑が、昨夜切られた衣服を形どおりに合わせたものを出した。

「おおっ。これには見覚えがございまする」

目に焼き付いたものと同じだと併右衛門は言った。

「そうか。よし、この者をもう一度あの座敷へ」

「はっ。立花氏」

「……承知」

息をついた併右衛門は、徒目付たちに囲まれて城中へと戻っていった。

「お目付さま、あの御仁が」

「うむ」

一畑の問いに、西方が首肯した。

「遺体のことだが」

「決まりましてございまするか」

一畑がほっとした顔を見せた。

「うむ。今朝方《けさがた》ご老中さまの許可も取った。遺髪と遺品を残して、茶毘《だび》に付してよい」

「遺骨はいかがいたしましょう。茶毘に付す寺はどこに」

「そなたの懇意よりでいい。遺骨もその寺へ預けておけ。あとは任せた。顚末《てんまつ》は町奉行どのへ報告いたしおくように」

言うだけ言うと、返事も待たずに西方が帰っていった。

「……寺への礼はどこが払ってくれるんだろう」

一畑が頭を抱えた。

四

主のいない屋敷へ、泊まることは許されない。衛悟は瑞紀と別れて実家へ戻っていた。

「衛悟どの、御当主さまが御用だそうでございまする」

「はい」

起きるなり兄嫁が衛悟を呼びに来た。

衛悟の兄賢悟は、評定所与力である。身分から言えばお目見《めみ》えの柊家にとって役不足ではあるが、無役でいるより役料がもらえるだけましであった。

「来たか」

居室で賢悟が待っていた。

「立花どののことだ」

「なにか、おわかりになりましたか」

昨夜は遅くまで立花家にいたため、帰邸した兄と衛悟は会っていなかった。

「いいや。評定所は城中から離れた辰《たつ》ノ口《くち》にある。噂のたぐいも遅くなる」

希望を見せた衛悟へ、賢悟は首を振った。

「さようでございまするか」

「よくしてのけた」

賢悟がいきなり褒《ほ》めた。

「昨夜のことよ。隣家としてながく交誼《こうぎ》を願ってきたものを、いきなり手のひらを返すようなまねをしては、柊の肚《はら》が疑われる」

「…………」

無言で、衛悟は頭をさげた。

「ただ、あまり表だっては動くな。今は立花どのに向かって逆風が吹いておるからな。奥右筆組頭は、権も大きいが、敵も多い。巻きこまれては、柊など一蹴《いっしゅう》される」

「はい」

「それだけじゃ。あと、師範代《しはんだい》になったそうだの。立花どのの娘御の側《そば》におるのもよいが、道場へも行け。師範代の役目を忘れるな。期待してくれている大久保どのの想いを無にするな」

「そのようにいたしまする」

衛悟は首肯した。

朝餉《あさげ》をすませた足で、立花家を訪れた衛悟は、おそらく眠れなかったであろう瑞紀へ休むように言って、道場へと出かけた。

衛悟の学ぶ涼天覚清流《りょうてんかくしんりゅう》大久保道場は、江戸でも小さいほうに入る。

「おはようございまする」

早朝から稽古《けいこ》に来る諸藩の藩士たちが、床の拭《ふ》き掃除をしていた。

「ご苦労だな。どれ、吾《われ》も」

衛悟もぞうきんを取ると腰を曲げた。

「師範代が、このようなことをなされずとも」

弟弟子たちが止めた。

「いやいや、道場は剣を学ぶ者にとって我が家のようなもの。己の家を掃除しない者はおるまい」

道場の端から端まで、一気にぞうきんを押しながら衛悟は述べた。

「珍しくよいことを申すではないか」

道場へ出てきた師範大久保典膳《てんぜん》が、笑った。

「おはようございまする」

手を止めて、衛悟は一礼した。

「稽古を開始せよ」

大久保典膳の合図で、稽古が始まった。

「お願いいたしまする」

ぞうきんがけをしていた若い藩士が、衛悟に頼んだ。

「西田《にしだ》か。よし。来い」

衛悟は竹刀《しない》を手にした。

「りゃあああ」

気合い声を発して西田が撃ちこんできた。

「浅い」

半歩退くだけで、衛悟は竹刀に空を斬らせた。

「あっ」

勢い付いた竹刀を止められず、西田が床を打った。

「踏みこみが足らぬ。届かぬから、床を打つのだ。もう一歩前へ出ろ。さすれば、床を叩《たた》くことはなくなる」

「はい」

指導された西田が竹刀を構えなおした。

「もう一度来るか」

「はい」

うなずいて西田が、竹刀を振りあげた。

「えいっ」

大きく前へ出て、西田が竹刀を落とした。

「よし」

褒めながら衛悟は、西田の竹刀を受け止めた。

「おう」

受け止めた竹刀を、衛悟は力任せに押した。

「わ、わああ」

重心を狂わされた西田が、よろめいた。

「腰を落とせ。身体《からだ》の重みは、股《また》の間に降ろすようにな」

「は、はい。ありがとうございました」

西田が一礼した。

「次は誰だ」

「わたくしをお願いいたしまする」

「来い」

衛悟は、竹刀を構えた。

稽古は午前中が基本である。早朝から来ていた弟子たちは、屋敷の遠い順から稽古を終えて去っていく。

「ありがとうございました」

最後の一人が、道場の出口で一礼して出て行った。

「どれ、一手教えてやろう」

上座に腰を下ろして稽古を見ていた大久保典膳が立ちあがった。

「お願いをいたしまする」

衛悟は、新しい竹刀を大久保典膳へ渡した。

「参れ」

「はっ」

稽古では格下からかかっていくのが礼儀である。衛悟は竹刀を高青眼《たかせいがん》の構えに取り、すり足で間合いを詰《つ》めた。

「…………」

無言で大久保典膳が、衛悟を見つめた。

間合いが一間半（約二・七メートル）になったところで、衛悟は力一杯踏み出した。

「ええい」

切っ先を上げた衛悟の竹刀が、大久保典膳の左首根を襲った。

「おう」

大久保典膳が、竹刀の背で受け、そのまま跳ねあげた。

「なんの」

弾かれた勢いを利用して、竹刀で弧を描いた衛悟は、殴りつけるように大久保典膳の右肩を狙った。

「荒いわ」

大振りになった衛悟の竹刀を、大久保典膳がしゃがんでかわし、そのままの姿勢で薙《な》いできた。

「はっ」

読んでいた衛悟は飛びあがって、師匠の竹刀に空を斬らせた。

「おうりゃあ」

空中から落ちる力を加えて、衛悟は竹刀を真っ向から振った。

「ふん」

腰を曲げた姿勢のまま、大久保典膳が左へ動いた。

「つっ」

外された竹刀を、衛悟はなんとか止め、床を打つ愚はおかさなかった。

「しゃっ」

大久保典膳の竹刀が伸びた。

「ぐううう」

身体が宙にあっては、避けようがなかった。衛悟はしたたかに脇腹を突かれてうめいた。

「不用意に大きな技を出しすぎだ」

立ちあがった大久保典膳が、述べた。

「…………」

呼吸すらままにならない痛みに、衛悟は声を発することもできなかった。

「的確に小技を出し、相手の構えを揺らし、隙《すき》を見いだして撃つ」

初心者へ教えるように、大久保典膳が語った。

「もっとも、儂が、そのような手で崩れるわけもないがの」

笑いながら大久保典膳が、衛悟の背中へ回った。

「ほれっ」

後ろから抱えるようにして、背筋を伸ばす。

「……はあ、はあ」

ようやくできるようになった呼吸に、衛悟はあえいだ。

「衛悟、そなたの事情はわかっているが、大技は外れたとき、どうしようもない隙を作る。あまり奨《すす》められたものではないぞ」

しんみりと大久保典膳が言った。

「心しておきまする」

痛みに耐えて、衛悟は立ちあがった。

「右手はまだまともに動かぬようだな」

大久保典膳が、衛悟の右肩に触れた。

伊賀者の襲撃で、衛悟は右肩を棒《ぼう》手裏剣で射貫《いぬ》かれていた。幸い骨にはいたっていないが、傷はようやくふさがったというところであった。

「竹刀に添えるていどならば、どうにか」

「無理はさせるな。変に筋が固まってしまえば、後々困るぞ」

「はい」

稽古の後、大久保典膳に衛悟は昼餉《ひるげ》に誘われた。

「なにもないが、食していけ」

「いただきまする」

衛悟もよろこんで相伴《しょうばん》した。

弟子の数が三十人ほどの大久保道場は、貧しい。昼餉の膳は、朝に炊《た》いた飯の冷えたものと、近所からお裾《すそ》分けでもらった香のもの、大久保典膳が庭で育てた菜を実とした味噌汁だけの質素なものであった。

「大事ないのか」

冷や飯を噛みながら、大久保典膳が問うた。

「ご心配いただきありがとうございまする」

すぐに衛悟はなんのことか理解した。

「噂は聞いたが、事情はよくわからぬ。教えてくれい」

問う大久保典膳に、衛悟は答えた。

「なるほど。鞘ごと防いでいたのが、割られたか」

「そのように聞きましてございまする」

「鞘は木《もく》だからの。鉄である刀で叩かれれば、割れて当然だが……」

大久保典膳が首をかしげた。

「なにか」

「なぜ、刃傷の相手は、鞘を割ることにこだわったのだ。突けばすむだろうに」

訊く衛悟へ、大久保典膳が述べた。

「突く……」

衛悟は息を呑んだ。

突きにはずれなしと、剣術の訓にある。振るう太刀は間合いの読みまちがいなどで外れることもあるが、まっすぐに突き出す一撃は、ぶつかる勢いだけもっていれば、確実に相手を捕らえた。

「乱心ではないな。なにより、相手には立花どのを討ち取れるなら、我が命など捨てても惜しくないとの気概が見えない」

「ということは……」

「立花どのに白刃をもたせるのが、目的だったのだろう」

飯を食い終わった大久保典膳が白湯《さゆ》へ手を伸ばした。

「殿中で刀を抜けば、その身は切腹、お家は断絶と決まっているらしいな。ならば、相手はそれを狙ったのだろう」

「立花どのを排除するため……」

「事実かどうか、わからぬがな」

大久保典膳が白湯を飲み干した。

「茶碗を洗って、もう帰れ。下城のお供をする役目は休みだろうが、屋敷を護るくらいのことはできよう。立花どのが帰ってこられたとき、堂々と胸を張ってお手当金をもらえるようにしておけ」

「はい」

背中を押された衛悟は、二人分の食器を洗うと道場を後にした。


幕府最高の権力者、老中たちの執務室は、上の御用部屋と呼ばれ、若年寄や寺社奉行など、要職にあるものでさえ、足を踏み入れることは許されなかった。

「今朝方目付より報告がござった」

老中首座松平伊豆守信明《いずのかみのぶあきら》が口を開いた。

「昨日の殿中刃傷、それにかかわった一方と思われる者の死骸が見つかったそうでござる」

「死骸でござるか」

老中太田備中守《おおたびっちゅうのかみ》資愛《すけよし》が、繰り返した。

「でござる。切腹いたしておったとのこと」

「切腹」

「覚悟の自裁《じさい》でござるな」

老中たちが顔を見合わせた。

「で、どこの誰だったのでござろうか」

太田備中守が訊《き》いた。

「わからぬ」

松平伊豆守が答えた。

「わからぬとは、どういうことでござる」

戸田《とだ》采女正《うねめのしょう》氏教《うじのり》が、問うた。

「申したとおり、まったく身元が知れぬらしい」

「目付の怠慢ではないか」

首を振る松平伊豆守へ、太田備中守が述べた。

「今、すべての大番組、書院番組、新番組などの番方、勘定衆ら役方へ、組下一同の安否を確認するよう申しつけた。数日以内には、結果が出よう」

老練な執政である松平伊豆守は、しっかりと手を打っていた。

「これでわからぬとなれば、残るは小普請組《こぶしんぐみ》となるが……」

「小普請組はややこしい」

大きく戸田采女正が息を吐《つ》いた。

無役の集まりである小普請組は、無頼の巣窟《そうくつ》でもあった。なかには小普請から抜け出すための努力を怠《おこた》っていない者もいるが、大半は覇気を失って自暴自棄となった者であった。

当然、幕府の指示などに従うはずもなかった。

「届けのない者は、組を離れたとして、罰するべきでございましょう」

厳しい意見を太田備中守が出した。

「暴動を起こさせるおつもりか。先のない小普請どもにとって禄はまさに命の綱。それを切るなど、自暴自棄を作り出すも同然」

松平伊豆守があきれた。

「そういうつもりでは……」

太田備中守が、否定した。

「もともと小普請組などというものはあってはならぬのでござるぞ。幕府の政《まつりごと》を担わせていただいている一員として、髀肉《ひにく》の嘆《たん》を託《かこ》つ者があることを恥じねばならぬ。本来ならば、旗本の全員に、なにかしらの役目を与え、上様のために働く場を与えてやらねばならぬのだ」

厳しく松平伊豆守が諭《さと》した。

「…………」

言われた太田備中守が鼻白んだ。

「まあよい」

太田備中守から松平伊豆守は目を離した。

「今の題目は、もう片方の奥右筆組頭立花併右衛門のことじゃ」

松平伊豆守が話を戻した。

「見ていた者によると、乱心者から襲われただけらしいが……別の者の話だと、立花を名指しで、この間の遺恨覚えたかと申していたとも言う」

「乱心者に襲われただけならば、殿中で刀を抜いたとしても、咎めはできますまい」

戸田采女正が言った。

「名指しであったというのが問題でござるな」

安藤対馬守信成《あんどうつしまのかみのぶなり》が腕を組んだ。

「襲った者が死んでしまった今、それを確認するのは難しい。身元がわかり、その周囲の者より子細が聞ければよいのでございましょうが」

「ときがかかりすぎる。田沼山城守以来の殿中刃傷でござる、世間が注視しておる。あまりのんびりと構えていては、執政の重みを問われることにもなりかねますまい」

難しい顔を松平伊豆守がした。

「殿中で刃を出したことに相違ないのでございましょう。ならば、それを咎《とが》として、切腹を命じればよろしいのではございませぬか。とくに奥右筆部屋は、上様のお休息の間にも近いところ。そのようなところで、白刃を出すなど幕臣のすべきことではございますまい」

太田備中守が意見を出した。

「ううむ」

「そうするしかなさそうじゃな」

正論である太田備中守の意見へ、他の老中たちは反論しなかった。

「もし、ただの乱心であったならば、哀れではあるが、やむをえまい」

松平伊豆守がまとめた。

「上様へ言上《ごんじょう》して参る」

立ちあがった松平伊豆守を太田備中守がほくそ笑みながら見送った。

第三章　筆の団結

一

奥右筆《おくゆうひつ》部屋の仕事が滞《とどこお》り始めていた。

「ご老中戸田采女正《うねめのしょう》さまより、長崎奉行への通達書はまだかとのご催促《さいそく》でございまする」

御用部屋坊主が、急《せ》かした。

「勘定所《かんじょうしょ》より、金座後藤家《きんざごとうけ》の刻印新製の認可について、お問い合わせでございまする」

御殿坊主が駆けこんできた。

「わかっておる。順に片付けておる故《ゆえ》、今しばし待て」

奥右筆が返した。

「組頭《くみがしら》さまは、どちらに」

部屋を見回した御殿坊主が問うた。

「お調べものの最中じゃ。誰もじゃまするなとの厳命ぞ」

「ですが、いろいろなところから矢のような督促《とくそく》で」

泣きそうな顔を御殿坊主がした。

金をもらって便宜《べんぎ》を図り、それで贅沢《ぜいたく》をしている御殿坊主にとって、奥右筆部屋の混乱は、大問題であった。

「ご書庫におられますのでございましょうか」

確認して御殿坊主が二階への階段に足をかけた。

「潰《つぶ》されたいか」

怒鳴《どな》るような声で、奥右筆が止めた。

「えっ」

直接催促しようとした御殿坊主の足が止まった。

「奥右筆組頭の機嫌を損ねて、家があると思うな」

「そ、そんな……」

だ。

脅《おど》す奥右筆に御殿坊主が震えた。奥右筆の筆がない限り、家の相続はできないの
だ。

「いくら貰《もら》ったか知らぬが、家に見合うだけの金ならよいがな」

別の奥右筆も述べた。

「…………」

泣きそうな顔を御殿坊主がした。

「先ほども申したな。ちゃんと書付《かきつけ》はやっておると」

「はい」

「ならば、そう答えて参れ。きさまの応対をしただけ、仕事が遅れたのだぞ」

「申しわけございませぬ」

あわてて御殿坊主が出て行った。

「急ぐぞ。筆でご奉公している奥右筆の力、見せてくれるぞ」

「おう」

奥右筆たちが、書付に没頭した。

二階の書庫では、加藤仁左衛門が過去の書付をあさっていた。

「殿中刃傷《にんじょう》の数はそれほどない」

加藤仁左衛門は、刃傷の顚末《てんまつ》を記した書付を選び出した。

「もっとも最初は寛永《かんえい》五年（一六二八）に西の丸で起こったものか。なんと、目付《めつけ》が老中を殺しておる」

内容を見た加藤仁左衛門が驚いた。

ことの発端は一つの縁談が破れたのにあった。目付豊島刑部少輔明重《としまぎょうぶしょうゆうあきしげ》は、己《おのれ》の口利きで整っていた老中井上主計頭正就《いのうえかずえのかみまさなり》の嫡男と大坂町奉行島田越前守直時《おおさかまちぶぎょうしまだえちぜんのかみなおとき》の娘との縁談をなかったものにされたことで、面目を潰されたと感じ、刃傷に及んでいた。

「次が、貞享《じょうきょう》元年（一六八四）だな。これは知っておる。若年寄稲葉石見守正休《わかどしよりいなばいわみのかみまさやす》が、大老堀田筑前守正俊《ほったちくぜんのかみまさとし》さまを刺殺した話よな」

まさに幕府を揺るがした刃傷と言っていい。若年寄が、大老を御用部屋の前へ呼び出して、刺したのだ。堀田筑前守はその場で死に、稲葉石見守も老中大久保加賀守忠《おおくぼかがのかみただ》朝《とも》や稲葉美濃守正則《みののかみまさのり》らによって殺された。

御用部屋という城中奥深くで刃傷が起こったという衝撃は、将軍の居室を御座《ござ》の間《ま》からさらに奥まったお休息の間へと移す原因ともなった。

「三つ目は、浅野内匠頭《たくみのかみ》か。これは、赤子でも知っている」

加藤仁左衛門は独りごちた。

殿中松の廊下で高家《こうけ》吉良上野介義央《こうずけのすけよしなか》へ、播州赤穂《ばんしゅうあこう》の城主浅野内匠頭長矩《ながのり》が斬りつけた。のちに浅野家旧家臣たちが吉良上野介の屋敷へ討ち入ったことで、有名となり、浄瑠璃《じょうるり》にまでなった。世に言う忠臣蔵《ちゅうしんぐら》である。

「これは……」

次の内容を読んだ加藤仁左衛門が息を呑《の》んだ。

「享保《きょうほう》十年（一七二五）に、信州松本《しんしゅうまつもと》城主水野《みずの》隼人正忠恒《はやとのしょうただつね》が長門《ながと》長府《ちょうふ》藩主毛利主水正《もんどのしょう》師就《もろなり》へ斬りかかっている。原因は水野隼人正の乱心だとある。よく似た状況ではないか」

加藤仁左衛門が興奮した。

「いや、ここで満足してはいかぬ。幕府は先例で動くもの。このあとのものに都合の悪い例があるやも知れぬ」

仕切り直して加藤仁左衛門は新しい書付を取った。

「延享《えんきょう》四年（一七四七）、城中大広間近くの厠《かわや》で旗本板倉修理《いたくらしゅり》勝該《かつかね》が、肥後《ひご》熊本藩主細川越中守《ほそかわえっちゅうのかみ》宗孝《むねたか》を殺した一件か。これも意趣遺恨がはっきりしておらぬ。どうやら板倉修理の乱心によるもののようだが、細川越中守どのを襲った後、髷《まげ》を切り、身を慎《つつし》んでいたともある。一概《いちがい》に乱心で片付けられるものではないな」

加藤仁左衛門は首をかしげた。

「そして最後がこれか。天明《てんめい》四年（一七八四）、老中田沼主殿頭《とのものかみ》意次どのの嫡男山城《やましろ》守《のかみ》意知どのが、旗本佐野《さの》善左衛門《ぜんざえもん》政言《まさこと》に襲われたもの。まだ十年にもならぬ。皆の記憶にも新しい。立花どのもよくご存じであろう」

佐野善左衛門が田沼山城守意知へ斬りつけたのは、頼んでいた出世の話がいっこうに進まなかったことへ業を煮やしたからだと言われている。十代将軍家治の寵愛《ちょうあい》をいいことに、幕政を恣《ほしいまま》にしていた田沼主殿頭への風当たりが強くなりつつあった時期ともあいまって、田沼主殿頭への反発が、この刃傷をきっかけとして弾け、ついには幕政から追放するにいたった。田沼主殿頭が退いた後を受けて老中首座となったのが、松平越中守定信である。

「過去、江戸城内で起こった刃傷は六つか」

書付のなかから、要《い》りようなことを加藤仁左衛門は紙へ写した。

併右衛門は座敷牢で困っていた。夜具がないのはもちろん、未《いま》だに食事が許されなかった。

「丸一日、なにも口にしておらぬ。さすがに空腹だな」

することもない座敷牢である。併右衛門は腹をなでてつぶやいた。

横になるわけにはいかなかった。確定はしていないが、併右衛門は罪人の扱いを受けている。退屈だからといって、寝ていては不謹慎とされ、より罪が重くなりかねなかった。

「立花併右衛門。奥右筆組頭加藤仁左衛門どのが、職務のことで話があるとお見えである」

「承知いたしましてございまする」

座敷の外で見張っている徒目付《かち》の言葉に、併右衛門は喜んだ。

「昨夜も申しましたように、なかへお入りになるのはご遠慮いただきたい」

「わかっておりまする」

加藤仁左衛門が注意を受けた後、襖《ふすま》が開けられた。

「立花どの、よろしいか」

「なにごとでござろう」

併右衛門は襖際《ぎわ》へと移動した。

「まず、老中戸田采女正さまから、長崎奉行へ……」

最初の書付を加藤仁左衛門が出した。

「見るでない」

　覗きこもうとした見張り役の徒目付を、加藤仁左衛門が叱った。

「これはまだ発せられていない触れである。それを前もって知っていいのは、ご老中さまと奥右筆だけである」

「しかし……」

「名前はなんと申すのだ」

抗弁しようとした徒目付を、加藤仁左衛門が遮《さえぎ》った。

「触れの内容が、発するまでに漏《も》れたとなれば、ただではすまぬことを覚悟せい」

「それは……」

徒目付がたじろいだ。

「奥右筆の任は、秘事にかかわることが多い。奥右筆となったとき、そして離れるときの二度、我らは職務で知り得たことを生涯他言しないとの誓詞《せいし》を出す。政《まつりごと》の裏を見るには、それだけの覚悟が要り用なのだ。それを横から聞いていた者に漏らされては、たまらぬ」

加藤仁左衛門がさらに押した。

「耳までふさげとは言わぬ。徒目付も他言無用のことがらに触れることはあろう。そこまで貴殿を信用しないわけではないが、書付のなかまで見られては、さすがにつごうが悪い」

「承知いたしました。書付へは目をやりませぬ。ただし、このことはお目付さまへ、ご報告させていただきまする」

しぶしぶ徒目付が首肯《しゆこう》した。

「けっこうだ」

気にもとめずに、加藤仁左衛門が認めた。

「よろしいのか。お目付どのににらまれることになりますぞ」

併右衛門は、気遣《きづか》った。

「大事ござらぬ。奥右筆の任にそったまででござる。それが罪となるならば、奥右筆全員が職を辞するだけ。我ら奥右筆は、一枚岩でござろう」

加藤仁左衛門が述べた。

「それはまた大騒動になりそうでございますな」

聞いた併右衛門が、感心した。

奥右筆は書付を専門に扱う能吏《のうり》である。過去の前例を網羅していなければならないため、一朝一夕でどうにかなる職ではなかった。奥右筆の多くが、表右筆で何年も修業してあがってくる。もし、奥右筆全員が辞めてしまえば、幕政はまちがいなく停滞し、その被害は徳川家だけでなく、全国へと波及する。そのような事態の原因となれば、目付であっても潰された。

「……ひくっ」

聞き耳を立てていた徒目付が、肩を震わせた。

「では続きを」

徒目付の反応を無視して、加藤仁左衛門が進めた。

「勘定奉行より闕所《けっしょ》についての問い合わせがござったのだが、これはどのように答えるべきであろうか」

「闕所の金を辻《つじ》整備以外に遣いたいというわけでござるな」

書付を見て、併右衛門が確認した。

闕所とは、重罪に科される付加刑で、罪人の財産を没収することである。取りあげられた財産は、闕所を司《つかさど》る闕所物奉行によって競売され、勘定奉行へと渡される。納められた金は、江戸の町の辻や橋など通行にかかわる補修の財源として使用されると決まっていた。

「何年かに一度、勘定奉行から要望が出てきますな」

併右衛門は苦笑した。

「そのたびに、決めごとであるとして不可の意見を付けて、御用部屋へ戻しておりまする」

「やはり、それでよろしいな」

「はい」

「いや、勘定奉行どのがしつこく言われてきてな。ご老中さまのなかにも、財政逼迫《ひっぱく》のおりから、より重要な案件へ融通してもよいのではないかというご意見も出ているようでなかなかに困っていたのでござる」

加藤仁左衛門がぼやいた。

「法は世にあわせて変わっていかねばならぬとは思いまするが、行き当たりばったりで変えられては、のちのちの者が苦労することになりますからな」

書付を返しながら、併右衛門も同意した。

「次でござるが……」

懐《ふところ》から新しい書付を加藤仁左衛門が出した。

「これは……」

目を落とした併右衛門が息を止めた。

「ご覧いただいて、ご意見を伺《うかが》いたい」

そう言いながら、加藤仁左衛門が目で、書付をしまえと合図してきた。

「なかなかに難しいことでございますな。たしか、前例が書庫にあったかと思いまするが」

話しながら、併右衛門は書付をすばやく懐へ入れた。

「さようでござるか。後ほど調べてみるといたしましょう。今のところ、用件はそれだけでござる」

「お疲れでござった」

「立花どのこそ。では、これにて」

さっさと加藤仁左衛門は去っていった。

「閉めまするぞ」

「どうぞ」

併右衛門の目の前で襖が閉じられた。

「かたじけない」

懐の書付を押さえて、併右衛門は加藤仁左衛門への礼をつぶやいた。

「よいのか」

天井裏から一部始終を見ていたお庭番《にわばん》馬場《ばば》新左衛門《しんざえもん》が、村垣源内へ問うた。

「見て見ぬ振りをせよとの思《おぼ》し召しだ」

村垣源内が家斉の命を口にした。

「ならばよい」

馬場新左衛門がふたたび気配を消した。

「…………」

見下ろす村垣源内たちに気づかず、併右衛門は渡された書付に没頭していた。

「そうか。これならば……」

目を通し終わった併右衛門は、歓喜の声をあげた。

二

老中首座松平伊豆守《いずのかみ》が、家斉を訪ねてお休息の間へと伺候した。

「上様に、ご裁可願いたきことがございまする」

お休息の間下段の間で松平伊豆守が手を突いた。

「申せ」

興味なさそうに家斉が素っ気なく命じた。

「昨日の殿中での争闘についてでございまする。執政衆により協議いたしましたところ、上様のお側近くで、身を守るためとはいえ白刃を出したること言語道断。よって、奥右筆組頭立花併右衛門に切腹を申しつけるべきとなりましてございまする」

言い終わって松平伊豆守が、家斉を見あげた。

「ならぬ」

「なんと仰《おお》せで」

あまりにも短い返答に、松平伊豆守が驚愕《きょうがく》した。政に熱心でない家斉は、いつも老中の言上《ごんじょう》をそのまま認めてきた。それが、初めて拒否したのである。松平伊豆守が一瞬呆然《ぼうぜん》となったのも当然であった。

「ならぬと申した」

「いかなる思し召しでございましょう」

松平伊豆守が問うた。

「過去、殿中の刃傷で襲われながら生き残ったのは二人。その二人の処遇で後に問題になったのが……」

「吉良上野介でございまするな」

さすがに老中首座である。すぐに答えた。

「うむ。あのとき、五代将軍綱吉公は、即断され、後日ずいぶんと後悔なされたという。躬《み》はその轍《てつ》を踏みたくはない。よって、この一件は評定所へ預ける。代わりに、躬は評定所での決定に、異論を挟まぬ」

「評定所でございまするか」

松平伊豆守が、ちらと苦い顔をした。

評定所での審理には、老中の臨席が要った。御用繁多を言いわけに、政にかかわらない評定には、欠席するのが慣例となってはいたが、今回は将軍の直命である。老中の誰かは出席しなければならない。そのぶん、仕事が遅れることになった。

「承知いたしましてございまする」

すぐに表情を消して、松平伊豆守が首肯した。

「ところで、伊豆よ」

「はっ」

話しかけられた松平伊豆守が返答をした。

「奥右筆組頭はどうしている」

「城中の一室を座敷牢に仕立て、そこにて謹慎させておりまする」

「飯は喰《く》わせておるのか」

「……いいえ」

松平伊豆守が、小さく眉《まゆ》をひそめた。

「罪定まる前に、飢えて死なせる気か。かの浅野内匠頭も、切腹前に酒を望んだがかなえられなかったという。人はこのことをどう評しておるのかの」

「そのようなことは……ただちに手配をいたしまする」

あわてて松平伊豆守が述べた。

「後世、躬が名君と呼ばれるようにいたすのが、執政の役目であろう」

暗に綱吉のことを愚君だったと家斉は言った。

「ははっ」

松平伊豆守が平伏した。

御用部屋へ戻った松平伊豆守は、ただちに御用部屋坊主へ命じ、併右衛門の食事を取り寄せるよう告げた。

一旗本のために、城中台所役人が動くことはなかった。御用部屋坊主は、江戸城を出て、麻布《あざぶ》簞笥《たんす》町《まち》の立花家へと向かった。

「ご老中さまよりのお使いでございまする」

御殿坊主の訪れは、瑞紀の心に波を打った。

「父の処分が決まったのでございましょうか」

相手が目付でないことも忘れて、瑞紀は問うた。

「ではございませぬ。立花さまのお食事を差し入れてよいとの仰せでございまする」

「父の食事を……ああ。情けないことでございまする」

瑞紀はそのことに気づかなかった己を責めた。

「ただちに」

「お待ちくだされ」

あわてて台所へ駆け出そうとする瑞紀を御殿坊主が止めた。

「差し入れの許されぬ食材がございまする」

御殿坊主が続けた。

「韮《にら》、大蒜《にんにく》、葱《ねぎ》などの匂いもの、亀《かめ》、海老《えび》、鯛《たい》などの祝もの、獣肉いっさいはいけませぬので、お入れになりませぬよう」

「はい」

瑞紀が首肯した。

「今日の分三食を作られ、中之口《なかのくち》内の御殿坊主、誰にでもよろしゅうございます。お預けくださいませ」

「あいわかりましてございまする」

「では、わたくしはこれにて」

用件を終えた御殿坊主が去っていった。

味噌を塗って焼いたにぎりめしと菜の煮物、鮭《さけ》の付け焼きなどを詰めた弁当の包みができあがったのは、昼をこえていた。

「城中までお届けに行って参りまする」

着替えた瑞紀を家士が止めた。

「女性《にょしょう》が、お城まで出向いてよろしいものでございましょうや」

謹慎を申しつけられて、立花家の者は誰もが萎縮していた。

奥右筆組頭の家中として、肩で風をきっていたのが、一気に世間をはばからなければならなくなったのだ。その落差が大きすぎた。

「それは……」

旗本の娘として、家にいるのが当たり前であった瑞紀には、こういう場合どうすればいいのかわからなかった。

「御親類のどなたかに」

家士が述べた。

「どことも遠い」

立花家の親戚は、やはり旗本として幕府に仕えていた。だが、屋敷は麻布箪笥町からは遠く、すぐに使いを出したとしても、夕方になる。

「なにより承諾してくれるかどうか」

刃傷の片割れとして当主が、城内で禁足されているのだ。親戚筋としても、かかわりたくはないはずであった。

「隣家の柊さまにお願いを」

中間《ちゅうげん》がおずおずと口を出した。

「衛悟さまに……それはできませぬ。柊さまを巻きこむわけにはいきませぬ」

「かと言われましても、我ら家士は、陪臣《ばいしん》。その低い身分でお城へ入るなど」

何人かいる家士たちも尻込みしていた。

「どうかなされたのか」

台所で固まっている一同に、庭の破れから入ってきた衛悟が目を見張った。

「衛悟さま」

瑞紀が、あわてて身繕《みづくろ》いをした。

「これは、柊さま、ちょうどよいところにおいでくださった」

歳嵩《としかさ》の家士が、衛悟へ近づいた。

「なんだ」

「じつは……」

「これっ。いけませぬ」

家士を止めようとした瑞紀だったが、遅かった。

「なんだ。そのようなことか。要は、この弁当を届ければよいのであろう」

あっさりと衛悟は了承した。

「かたじけのうございまする」

「衛悟さま」

喜ぶ家士とは逆に、瑞紀が怖い顔をした。

「なにか」

「衛悟さまは、立花の縁戚でもございませぬ。あまりかかわりになられては、御身だけでなく、柊のお家にも傷がつきかねませぬ。どうぞ、今のことはお忘れになられて、今後は、あまり当家へ足をお運びになられませぬよう」

きびしい顔をした瑞紀が言った。

「……まんざらかかわりがないわけでもないのだが……」

衛悟は頭をかいた。すでに併右衛門との間で、瑞紀の婿として衛悟が迎えられると話はすんでいる。

「警固役《けいごやく》のお話ならば、父に代わって、わたくしがお断りいたしまする。この月分のお給金は、お支払いいたしますので」

「その話は、立花どのがお戻りになられてからにいたそう。いずれにせよ、給金は、いただかぬ」

義父を守るのに金を取る婿などいない。衛悟は、一昨日をもって警固の仕事は終わったと考えていた。

「ですが……」

「立花どのへの貸し、多くて困ることはございますまい」

まだ言いつのろうとする瑞紀を、衛悟は抑えた。

いかに婿とはいえ、義父に頭がずっとあがらないのも困ると衛悟は思った。

「弁当を。ここで議論している間も、立花どのは、空腹を感じられておりましょう」

「…………」

言われた瑞紀が黙った。

「では、行って参りましょう」

三食分の弁当を持って、衛悟は立花家を後にした。

家斉の意向を聞いた御用部屋一同は、戸惑っていた。

「上様が、ご意見を仰せになられたのか」

すなおに戸田采女正が、驚きを口にした。

「評定所とは、また、面倒な」

安藤対馬守《つしまのかみ》が、ぼやいた。

「辰ノ口《たつくち》まで出向くとなれば、審理を入れて、半日は潰される」

淡々と松平伊豆守が述べた。

「半日あれば、どれだけの案件が片付けられるか」

戸田采女正が嘆息した。

「影響は一人ではすまぬぞ。評定所へ一人割《さ》いたならば、そのぶんの負担を他の者が受けねばならぬ」

松平伊豆守が述べた。

「されど上様の思し召しとあらば、いたしかたなし」

文句を封じるように、松平伊豆守が手を打った。

「問題は、誰が行くかだの」

目を閉じて安藤対馬守が言った。

「少しつごうが悪い。重要な案件を抱えておる」

松平伊豆守が、行かないと宣した。

「あいにく、わたくしも、期限の迫った話がござる」

続いて戸田采女正が、拒否した。

「じつは……」

なにかを言いかけた安藤対馬守を押しのけて、太田備中守《びっちゅうのかみ》が手をあげた。

「わたくしが参りましょう」

「よろしいのか」

安藤対馬守が、訊《き》いた。

「上様の御命で開かれる評定でござる。いかねばなりますまい」

太田備中守が胸を張った。

「そうしていただけると助かるが……」

戸田采女正が、太田備中守の顔を見た。

「お任せいただきたい」

太田備中守が首肯した。

「面倒をおかけする。明日の廻《まわ》りは、わたくしが代わりましょう」

軽く頭を下げて戸田采女正が申し出た。

「よしなに」

やはり軽く一礼して太田備中守が頼んだ。

廻りとは、老中が一日に一度、正午に御用部屋を出て、城中の各部屋を巡り、役人や大名たちの挨拶を受けることだ。かといって、別段陳情を受けるとかはなく、ただ、顔を見て回るだけなのだが、役付でない大名や、出世を望む役人たちにとって、老中へ顔を売る好機であった。

「承知いたした。なれば、明日の評定所への出務は、備中守どのにお願いいたす」

首座として、松平伊豆守がその場をしきった。

「坊主」

「はい」

太田備中守に呼ばれて、御用部屋坊主が応えた。

「目付のもとへ行き、今回の刃傷にかかわるいっさいの事情を記した書付を、暮れ七つ（午後四時ごろ）までに用意せよと伝えよ」

「承知いたしましてございまする」

御用部屋坊主が使いに出て行った。

「さて、ご一同、職務に戻ろうぞ」

松平伊豆守が、促した。


一日の職務を終えて戻った太田備中守は、寵臣《ちょうしん》の留守居役《るすいやく》田村一郎兵衛《たむらいちろうひょうえ》を呼んだ。

「お呼びで」

着替えをさせている太田備中守のもとへ、田村一郎兵衛が来た。留守居役は、主として他藩とのやりとり、幕府との調整を任とする。心きいたる者でなければ務まらない難しい役目であり、田村一郎兵衛は、太田備中守が老中になってからずっと留守居役として、活躍してきた。

「しばしはずせ」

太田備中守が着替えを担当していた小姓《こしょう》を遠ざけた。

「刃傷の話は聞いておるな」

「はい」

老中の留守居役は、他藩のものより耳ざとくなければならない。田村一郎兵衛が首肯した。

「あの奥右筆がかかわっておるそうで」

田村一郎兵衛が述べた。

太田家と併右衛門の間には因縁があった。

天明四年（一七八四）、殿中で若年寄田沼山城守意知が、新御番《しんごばん》佐野善左衛門政言に刺殺された。この一件で、一橋治済にそそのかされた太田備中守は、田沼山城守の逃亡を阻害するという役目を果たしていた。それを、田沼山城守の死に疑念を抱いた併右衛門が調べ始めたのだ。一応、探索は松平定信の命により中断していたが、いつまた再開しないともかぎらない。そのおかげで老中となった太田備中守にとって、この事件を探りなおそうとした併右衛門は、じゃまであった。

「うむ」

うなずいた太田備中守が続けた。

「今日、上様の命で、この刃傷は評定所預かりとなり、儂《わし》が臨席することとなった」

「それは、なによりでございまする」

聞いた田村一郎兵衛が気色を浮かべた。

「なんとしても、罪に落とすつもりだが、念には念を入れたい。そなた、今夜中に、各所を廻り、明日の評定で、儂に恥をかかさぬようにと申して参れ」

「金子を遣《つか》わせていただくこととなりまするが……」

「かまわぬ。そなたの才覚で要りようを遣っていい。この好機を逃すわけにはいかぬのだ。失敗すれば、奥右筆に儂のことが気取《けど》られるやも知れぬ。手抜かりのないようにな」

「はっ」

田村一郎兵衛が平伏した。

三

お広敷伊賀者《いがもの》同心の詰め所は、大奥と表を繋《つな》ぐお広敷にあった。お広敷は、大奥を管轄《かんかつ》するだけではなく、将軍の食事などを担った。

「一弥。行くぞ」

「…………」

兄庫助の跡に入った一弥がうなずいた。

二人は伊賀者同心のお仕着せを脱ぎ、忍装束《しのびしょうぞく》へと着替えた。

「組頭、行って参りまする」

「うむ」

藤林の見送りを受けて、二人は、伊賀者詰め所の天井裏へとあがった。

「伊賀の通り道を知っておるか」

天井裏で高蔵が問うた。

「いいえ」

首を振って一弥が否定した。

「昨日家を継いだばかりだからの。無理はないか」

高蔵が納得した。

「伊賀道とはな、この城のなかに作られた忍の通路よ」

中腰で天井裏をかけながら高蔵が説明した。

「もともと江戸城には、あらゆる忍返しが仕掛けられている。たとえば、この壁」

高蔵が目の前の壁を触った。

「こうやって、天井裏の移動を阻害している。だが、これも……」

軽く壁を叩《たた》いた高蔵に合わせて、壁の一部が開いた。

「おっ」

一弥が驚いた。

「このような一種の抜け道が、城中に設けられている。他の忍はだめだが、伊賀者だけは通れるようにな。こうしておけば、入りこんだ忍の動きは遅くなり、伊賀者に有利であろう」

「はい」

高蔵の言葉に一弥が首肯した。

「これは、上様の陰供《かげとも》をするにも要りようなのだ。もっとも今は、表の陰供はお庭番に取られたが、大奥は、いまだ伊賀の手にある。そなたもお広敷伊賀者となったのだ、覚えておけ」

「承知いたしましてござる」

先達《せんだつ》の意見を一弥はすなおに聞いた。

「行くぞ。奥右筆組頭は、明日評定所へ出る。それまでに始末を付けねばならぬ」

天井裏を地上と同じように、伊賀者二人は駆けた。

「源内」

「うむ」

併右衛門の閉じこめられている座敷の天井裏で警戒していたお庭番二人に緊張が走った。

「来たようだ」

「奥からだと。ということは伊賀か。やれ、敵は内にあったか」

二人が顔を見合わせた。

「殺させるな」

村垣源内が、馬場新左衛門へ言った。

「おうよ」

首肯して馬場新左衛門が気配を消した。

「…………」

続いて村垣源内も天井裏へ溶けた。

「この鉄棒が抜ける」

説明しながら高蔵は、一弥を座敷の近くまで連れてきた。

「奥右筆組頭のいる座敷は、三方を釘で封じられ、出入り口の廊下には徒目付が二人控えている。知ってのとおり徒目付は、御家人のなかでも武術に優れた者から選ばれる。ちなみに、今見張りをしておる徒目付は、新陰流《しんかげりゅう》免許と竹内流小具足術《たけうちりゅうこぐそくじゅつ》の遣《つか》い手《て》らしい。奥右筆組頭にうめき声一つあげさせただけで、終わりだと思え」

「…………」

一弥が唾《つば》をのんだ。

「それとあくまでも自害に見せかけねばならぬ。刃物のたぐいの使用はいっさい禁止。殴るのもよくないぞ。一撃で気を失わせなければならぬ。それは、拙者《せつしや》がやる。そなたは、奥右筆組頭の口を押さえることに専念しろ」

「ああ」

小さな声で一弥が首肯した。

「では、行くぞ」

高蔵が天井板へ手をかけた。

「…………」

無言で源内が手裏剣《しゆりけん》を撃った。

「待ち伏せか」

小さく高蔵が舌打ちした。

「しゃ」

高蔵の後ろについていた一弥が、棒手裏剣を撃ち返した。

伊賀者の使う手裏剣は、太さ二分（約六ミリメートル）ほどの鉄芯の先を尖《とが》らせただけのものである。板戸や天井板ていどなら、貫通するだけの威力を持っていた。

一弥の攻撃への返答は、さらなる手裏剣であった。

「くっ。こうなってはしかたがない」

苦い声を高蔵が出した。

「退き口を作る。しばし、支えよ」

とぎれなく飛んでくる手裏剣をかわしながら、高蔵が命じた。退き口とは逃げ出すための安全な道筋のことだ。

「おう」

うなずいて、一弥が手裏剣を投げた。

だが、一弥の手裏剣に手応えはなく、すべてが虚空へ消えていった。

「ちっ」

手持ちの手裏剣を使い切った一弥が忍刀《しのびがたな》を抜いた。天井の梁《はり》を利用して、一弥が前へ出た。

「…………」

馬場新左衛門が応じて出た。

二人の忍刀がぶつかった。

忍刀は、脇差より短い直刀である。切れ味を優先して薄くなった日本刀と違い、しっかりとした厚みを持っていた。

「ふっ……」

ぶつかった反発を利用して、一弥も馬場新左衛門も後ろへ跳んで間合いを空けた。

「しゃ」

馬場新左衛門が手裏剣を撃った。

「…………」

一弥が手裏剣を払った。

お庭番の手裏剣は、薄い鉄の板を六角や八角にして、周囲に刃を付けたものである。回転しながら飛んで、人体にあたれば食いこんで大きな傷を与える。ただ、棒手裏剣より軽いため、貫通する力もなく、刀などで容易に防げた。

戦いを尻目に、高蔵が後ろへと這《は》うようにしてさがった。

「来い」

「やっ」

高蔵の声に合わせて、一弥が前へ跳んで、馬場新左衛門へ一刀を浴びせた。

「くっ」

馬場新左衛門が思わず苦鳴《くめい》を漏らすほど、重い一撃を出した一弥が、ぶつかった刃を利用して、後ろへ大きく跳んだ。

二人の伊賀者は、全速力で逃げた。

「逃がすか」

押されて身体《からだ》の重心を後ろ足へかけてしまった馬場新左衛門が、追いかけようとした。

「待て」

じっと潜《ひそ》んでいた村垣源内が止めた。

「正体も知れた。なにより、あの二人が陽動でないという保証はない。それより、後片付けをせねばなるまい。目付が顔を出すぞ」

「……わかった」

不足そうであったが、馬場新左衛門はうなずいた。

「拙者は上様にご報告いたしてくる」

村垣源内が、風のように消えた。

上での騒動は当然併右衛門にも、徒目付にも聞こえていた。

「なにごとか」

あわてて徒目付が襖を開けた。

「天井裏が騒がしいようでございますな」

併右衛門は上を指さした。

「どうなっておるのだ」

まったく様子のわからない徒目付が、手にしていた三尺（約九十センチメートル）棒を構えた。城中での万一に備えて徒目付は刃のついていない棒を持つことが許されていた。

「終わったようでございますな」

しばらくしてふたたび天井裏は静まりかえった。

「お目付さまへお報せを」

徒目付が、御殿坊主へ頼んだ。

「どうした」

待つほどもなく、目付西方が現れた。

「さきほど……」

一人の徒目付が状況を説明した。

「なんだと」

聞いた西方が天井を見あげた。

「御殿坊主、はしごをもて」

「はい」

命じられた御殿坊主が、二人がかりで大きなはしごを持ってきた。

「あの隅へ向けて立てかけよ。おい」

「はっ」

声をかけられた徒目付が、御殿坊主の押さえるはしごを登った。

「気をつけよ」

西方の忠告を受けた徒目付は、慎重に天井板を持ちあげた。

「どうだ」

「なにもございませぬ。誰もおりませぬ」

ぐるりと首を回した徒目付が答えた。

「よく見よ。なにか落ちていたり、梁に傷があったりせぬか」

「まったく」

徒目付が首を振った。

「猫でも入りこんだのではございませぬか」

はしごを支えている御殿坊主が口を挟んだ。

「……猫だと」

西方が御殿坊主を睨《にら》んだ。

「は、はい。大奥のお女中方が、猫をお飼いになられておられるとかで。その猫同士で番《つが》い、できた子供が、飼われることなく逃げだし、よく本丸へ入って参るのでございまする」

震えながら御殿坊主が説明した。

「そういえば、人の争う声もしませなんだな」

併右衛門が、徒目付の一人へ向かって話しかけた。

「たしかに」

徒目付が同意した。

「上へはあがれぬか」

「板が薄く、とても無理でございまする」

はしごに登っている徒目付が否定した。

「わかった」

西方が降りていいと許可した。

「座敷を変える」

はしごを外したところで西方が決めた。

「少し離れた空き座敷はあるか」

「お目付部屋を挟んで、お納戸御門《なんどごもん》へ近いほうに、一つございまする」

御殿坊主が答えた。

「この部屋同様、三方を閉ざすことはできるか」

「はい。ただ……」

「なんだ。はっきりと申せ」

西方が急《せ》かした。

「その部屋の前の廊下が、庭に面しておりまする」

「ううむ」

言われた西方が唸《うな》った。

「ご安心くだされよ。逃げ出しはしませぬ」

併右衛門は、苦笑した。

「ここで逃げれば、立花の家は潰れましょう。娘一人残して、そのようなまねはできませぬ」

「……わかった。徒目付を三人に増やす」

西方が妥協した。

「準備できるまで、ここで待て」

ふたたび併右衛門は座敷牢へと戻された。


お広敷まで戻った伊賀者二人の報告は、藤林の表情をゆがめた。

「お庭番が張っていただと」

「はい」

確認された高蔵がうなずいた。

「誰かが襲い来るのを予見していたということか」

「おそらく」

高蔵が同意した。

「しくじったな。これで裏に伊賀者がおるとばれたぞ」

苦い顔で藤林が述べた。

「いかがいたしましょう。明日には評定所での審理が始まりまする」

指示を高蔵が求めた。

「今、お広敷には何人おる」

後ろに控えていた伊賀者へ、藤林が問うた。

「昨夜宿直《とのい》の者が組屋敷へ帰ってしまった後で、まだ本日の宿直番は来ておりませぬ。当番だけで、二十一名。そのうち、三名が奥女中の外出に供しておりまする」

伊賀者が告げた。

お広敷伊賀者の重要な役目に、大奥女中の墓参や、代参などの外出の警固があった。

「儂を入れて十九名か」

「はっ」

「お庭番は何人おった」

「戦ったのは一人でござった」

一弥が言った。

「ならば、二人はいたな。今江戸にお庭番は何人おる」

後ろの伊賀者へ、藤林が訊いた。

「確定はできませぬが、十二名ほどかと」

伊賀者が答えた。

お庭番の主たる任は、薩摩の島津、加賀の前田、土佐《とさ》の山内《やまのうち》、仙台の伊達など、江戸から遠い外様の大大名を探り、謀反《むほん》などを企てていないかどうかを調べる遠国《おんごく》御用である。

「江戸城にはいても十名だな」

「おそらく」

控えていた伊賀者がうなずいた。

「よし、伊賀の総力を挙げて、奥右筆組頭を襲う」

「……よろしいので」

刃傷の企てから伊賀の仕業と報せるにひとしい。だけではない。なにより、江戸城で捕らえられている奥右筆組頭の命を奪いに行くのである。刃傷どころの騒ぎではなかった。

「伊賀が潰れるかどうかの瀬戸際ぞ。それに……」

詰め所にいる伊賀者の顔を、藤林は一人一人見ていった。

「伊賀者とお庭番の争いは、闇でのもの。お庭番も伊賀者に敗れたなどとは、公《おおやけ》にできまい。そのようなまねをすれば、将軍の隠密としてふさわしくないとの札をはられるだけだからな」

「しかし、奥右筆を殺せば……」

「伊賀には四組あるのだぞ。我らがお広敷、山里口《やまざとぐち》伊賀者、明屋敷《あきやしき》伊賀者、そして小普請伊賀者。そのどれが手を下したかなどわかるはずはない。やってしまえば、いくらでもごまかしはきく。そして、表御殿はお庭番の管轄。奥右筆を殺されれば、お庭番の責となる」

配下の危惧《きぐ》を、藤林が一蹴《いっしゅう》した。

「あのお庭番に一矢《いっし》報いたいとは思わぬのか」

「それは……」

伊賀者たちが、顔を見合わせた。

「我らの力を見せつけてやりとうござる」

一人が代表して述べた。

「ならば準備を急げ、半刻(約一時間)のちには、押し出すぞ」

「承知」

詰め所にいた伊賀者全員が、立ちあがった。

四

午前中の政務を終えた家斉は、のんびりと書見していた。

「…………」

書物の上へ、小さな糸くずが落ちた。

「庭へ出る」

家斉が立ちあがった。

「お供を」

小姓組頭《こしょうくみがしら》が後ろについた。

「そなただけでよい」

続こうとする小姓たちを家斉が止めた。

いつものように四阿《あずまや》へ足を運んだ家斉が、小姓組頭へ命じた。

「風のとおりが心地よい。ここで続きをいたす。先ほど躬が読んでいた書物をもて」

「しかし、上様をお一人には……」

「先ほども庭を新番どもが見回っていたではないか。なにもあるものか」

家斉が不機嫌な顔をした。

「た、ただちに」

あわてて小姓組頭が走っていった。

「どうした」

見送って家斉が空中へ問うた。

「さきほど……」

四阿の陰から村垣源内の声が報告した。

「……伊賀者か。慮外者《りよがいもの》どもが」

家斉が眉《まゆ》をひそめた。

「これからどうなると思う、そなたは」

「二通り考えられまする。一つは、このまま大人《おとな》しくして、知らぬ顔をする」

「躬がなにもできぬと思っておるのか、伊賀者は」

怒りを家斉が口にした。

「もう一つは……伊賀の総力をあげて奥右筆の命を奪う」

「よほど、評定所へ連れて行かれては困る事情があるのだな」

「おそらく」

家斉の言葉に、村垣源内が同意した。

「ならばなぜ、刃傷などという迂遠《うえん》な手を取ったのだ。相手は奥右筆ぞ。筆はたっても、腕はたいしたことはなかろう。外で襲うほうが、よほど他人に知れまい」

当然の疑問を家斉が呈した。

「奥右筆に付いておりまする警固のことは、ご存じでございませなんだか」

「聞いたような気もするが、覚えておらぬ。それほどすごいのか」

「まともに剣術で立ち合ったならば、わたくしと五分、もしくは、少しわたくしが難しいかと」

「ほう。源内にそこまで言わせるか」

家斉が感心した。

「ただ、その者は旗本の次男でございまして」

「城中にまでは付いて来られぬか。なるほどな、それでわかった。たしかに刃傷の形をとれば、伊賀へ疑いの目は向かぬ。市中で殺すよりはよほど目立たぬ」

手を打って家斉が立ちあがった。

「少し早いが、大奥へ入ることにする」

「お心遣い、かたじけなく存じまする」

村垣源内が礼を言った。

衛悟は預けられた弁当を持って大手門《おおてもん》を前にした。

「名乗り、用件を告げるべきなのか」

大手門の前で警衛している書院番士《しょいんばんし》を見て、衛悟はとまどった。

「立花家の家士に聞いたところだと、大手門を入った奥にある中之口、そのなかで控えている御殿坊主に弁当を渡せばよいとのことであったが……」

天下の将軍家居城の大手門、その偉容が衛悟を圧迫していた。

「卒爾《そつじ》ながら……」

衛悟は意を決して、書院番士に話しかけた。

「なんじゃ。用のない者はなかへ入ることまかりならぬぞ」

書院番士が居丈高《いたけだか》に言った。

「拙者評定所与力柊賢悟の弟、衛悟と申しまする。奥右筆組頭立花併右衛門どののもとへ、届けものをいたしたく」

気圧《けお》されながらも衛悟は用件を述べた。

「そうであったか。いや、勤番で江戸へ出てきた田舎者が、天下の江戸城を見物に参ったのかと思っての」

番士の表情が緩んだ。

「あやつらは、江戸土産にと城を見たがるで困る」

苦い顔を番士がした。

「通ってもよろしいか」

番士のぼやきを聞いている余裕は衛悟にはなかった。

「かまわぬ」

「拙者、お城へ上がらせていただくのは初めてでござって、中之口がどこにござるかも存じよりませぬ」

「このまままっすぐ行けば下乗御門《げじょうごもん》がある。それを通って左、少し行った右に中之口がある」

衛悟の問いに書院番士がていねいに教えてくれた。

「かたじけのうございまする」

一礼して衛悟は大手門を潜った。

言われたとおりに進んで、衛悟は中之口へと着いた。

「ご免《めん》、御坊主どのはおられようか」

中之口から衛悟は遠慮がちに呼んだ。

「なにようでございましょう」

すぐに御殿坊主が近づいてきた。

「ご老中松平伊豆守さまのご使者を受け……」

衛悟が用件を述べた。

「奥右筆立花併右衛門さま。ああ、あの御仁でございまするな」

御殿坊主がうなずいた。

「お目付さまにうかがって参りまする。しばしここにてお待ちあれ」

小走りに御殿坊主が駆けていった。

「渡すだけでよかったのではないか」

一人残された衛悟は、嘆息した。

中之口は、下部屋を与えられない下級役人や、臨時に登城する大名や旗本などの出入り口である。

片隅で小さくなっている衛悟に、行き交う人の目が止まった。

「はあ」

肩身の狭い思いを衛悟はしていた。

登城するわけではないとはいえ、江戸城へ入るのだ。衛悟は、弁当を受け取ったあと、実家に帰り、兄のお古である裃《かみしも》と袴《はかま》を身につけた。しかし、衛悟の着ている裃と袴は、登城してくる旗本や大名に比べて、あまりにくたびれ、衆目を集めていた。

「早くしてくれぬか」

見世物になっている衛悟は、じりじりとしていた。

「そなたか、立花の使いは」

四半刻（約三十分）たらずで、衛悟の辛抱は終わった。

「はい。柊衛悟と申しまする」

一目で目付とわかる黒の麻裃へ、衛悟は頭をさげた。

「目付西方内蔵助《くらのすけ》じゃ。柊と申したか。立花家の縁戚か」

「隣に住んでおりまする」

「では、赤の他人ではないか。まことに立花家の使いであるのか」

西方が疑念を口にした。

「…………」

一瞬迷った衛悟だったが、話をすることにした。

「まだ内々の話ではございまするが、わたくし、立花併右衛門どのがご息女、瑞紀どの婿となることに決まっておりまする」

「たしか、立花家は跡継ぎがおらぬ。なるほど、そなたが、あの娘の入り婿となるか。受け取ってやれ」

納得した西方が、後ろに控えている御殿坊主へ、合図した。

「お弁当をお預かりいたしまする」

御殿坊主が衛悟の手から弁当箱を受け取った。

「ご苦労であった。帰ってよい」

西方が手を振った。

「おそれながら、お目付さまにお願いがございまする」

「願い……申してみよ」

去りかけていた西方が足を止めた。

「立花は、いかがいたしておりましょうか」

「様子を知りたいと言うか」

「お慈悲をもってお願いいたしまする。なにぶん、立花家には娘一人が残されておりますだけで、委細がわからず、憔悴《しょうすい》いたしておりまする」

衛悟は情に訴えた。

「ふむ。気丈《きじよう》には装っておったが、女の身。無理もない」

顎《あご》に手を当てた西方がうなずいた。

「お調べについては話せぬが。立花は元気である。このようなことを申してはなんだが、罪の行方次第によっては腹を切らねばならぬというに、ずいぶんと落ち着いておる」

西方が話した。

「もう一つお情けにおすがりいたしたく。どうぞ、立花に、一同無事の帰りを待っているとお伝えくださいませ」

深々と衛悟は頭をさげた。

「そのくらいならばよかろう。武士の情けじゃ」

首肯して西方が、振り返った。

「……柊」

西方が背を向けたまま声をかけた。

「立花は評定所へ送られることとなった。覚悟をいたしておくように」

「……お心遣い、深く感謝いたしまする」

もう一度衛悟は、礼を述べた。

弁当を御殿坊主に持たせて、西方が併右衛門を訪れた。

「屋敷から差し入れである」

「これは、弁当でござるか。かたじけない」

うれしそうに併右衛門は弁当を受け取った。

「柊と申す若い旗本が、届けに参った」

「衛悟が……」

併右衛門は目を閉じた。

「娘婿だそうだの」

「まだ内々の話でございますれば」

巻きこまれてはかわいそうだと併右衛門は、衛悟が娘婿と決まったわけではないと言った。

「安心せい。籍も移動しておらぬ者にまで、累《るい》を及ぼすことはない」

西方が首を振った。

「食せよ。坊主、白湯《さゆ》を出してやれ」

「はい」

御殿坊主が、西方に命じられて動いた。

「遠慮なく」

併右衛門は包みを開いた。

「のう、立花」

出て行かず、西方が腰をおろした。

「明日には、評定所である。評定所での審理は、厳しいぞ。申すべきことがあるならば、今のうちに話せ。悪いようにはせぬ」

西方が話しかけた。

「さらに評定所の決定は、絶対である。変えられるとすれば、上様だけ。だが、上様が評定所の結果に口を挟まれた前例はない」

「……知ってござる」

味噌を塗ったにぎり飯をほおばりながら、併右衛門は答えた。

綱吉や吉宗のような、将軍親政をおこなった者は、評定所を使わず、独断で物事を決めた。そうでない将軍は、いっさいを執政衆に任したため、異論を出さなかった。

将軍が評定所の決定をひっくり返した過去がないのは、当然であった。

そして家斉は、執政に丸投げする将軍であった。

「この身にやましいことはございませぬ。お役について二十年、ひたすらご奉公して参りました」

白湯で口を湿らせながら、併右衛門は述べた。

「執政の衆、三奉行のお歴々、皆さま、わたくしごとき浅才ではございませぬ。英邁《えいまい》で聞こえた方ばかり。その方々が、事実をまちがえられることなどございませぬ。わたくしが罪に問われることはないと確信いたしておりまする」

併右衛門は断言した。

「そうか。ならば、もう訊くまい」

西方が立ちあがった。

「家だけでも残してやれればと思ったのだが……」

つぶやきを残して西方が出て行った。

「罪を認めて、自裁せよか」

帰り際に、西方が脇差をこれみよがしに触ったのを、併右衛門は見逃していなかった。

「たしかに、儂が腹切れば、立花の家は残されよう」

切腹は最高の責任の取りかたである。よほどの大罪でないかぎり、切腹すれば終わった。

多少家禄は減らされるとはいえ、家は潰されないのが、慣例であった。

「だが、儂は勝つ。娘の行く末を見ずして死んでたまるか」

ふたたび弁当へ手を伸ばしながら、併右衛門は宣した。

「幕政の過去すべてを知る奥右筆の実力、甘く見るな」

併右衛門は、強く手を握りしめた。

五

お広敷伊賀者の任の主たるものは、大奥の警固である。

「組頭……」

出撃の準備を整えていた藤林の下へ、高蔵があわててやって来た。

「どうした」

「上様が、大奥へお渡りになられるそうでございまする」

「なんだと。ずいぶん早いぞ。まだ日も暮れておらぬ」

高蔵から告げられた藤林が驚愕《きょうがく》した。

将軍が大奥へ入るのは、ほとんどの場合、暮れ六つ（午後六時ごろ）をこえてからであった。

「いかがいたしましょう」

「ううむ」

藤林がうなった。

大奥の警固を担う伊賀者が、全員お広敷を離れられるのは、将軍が来ていないからであった。将軍がいなければ、お広敷の仕事はないにひとしい。大奥女中の食事は、すべて自前なのだ。台所役人の仕事は家斉の夕餉《ゆうげ》を作るだけで終わり、宿直するお広敷番たちも、詰め所で薬湯と称した寝酒を飲んで、寝てしまう。伊賀者のことなど、誰も気にしない。

しかし、家斉が大奥へ入れば、話は変わった。台所役人は翌朝餉の刻限が早くなることで、下ごしらえを始めなければならず、お広敷番たちも任をしていると見せつけるため、巡回などをし出す。

伊賀者の仕事も増えた。藤林は詰め所におらねばならず、大奥への出入り口である七つ口の番も要《い》った。

「いたしかたあるまい。儂のほか、六名残れ。十二名いれば、行けよう。高蔵、おぬしが率いよ」

「承知」

高蔵がうなずいた。

「任せたぞ」

藤林に預けられた高蔵は七つ口に近い伊賀者番所へ一同を集めた。

「上様の大奥お渡りがある。ついては、六名お広敷の番に残す」

「仕留めてすぐに戻ってきてもよいのではないか」

組頭には言えないことでも、高蔵へは訊けた。

「それまでにお広敷用人のあらためがあればどうする」

高蔵が問い返した。

「上様がお見えのおりに、誰もいなければどうなる。それこそ、お広敷伊賀者不要と言われるぞ」

「たしかに」

言い出した伊賀者が退いた。

「飯山《いいやま》。おぬし五名を選び、お広敷に残れ。あとは、拙者についてこい」

「おう」

伊賀者たちが唱和した。

「太下《たした》、五名を連れて先行せい。お庭番の数と配置状況を調べよ」

「承知」

「奥右筆組頭の居場所が変わったのは、確認しているな」

「当然だ」

問われた太下が、胸を張った。

「では、行け」

伊賀者たちが、次々と天井裏へと消えていった。

村垣源内は、馬場新左衛門の他、四名を率いて併右衛門の頭上に潜んでいた。

「来るのか」

「おそらく」

馬場新左衛門の問いに、村垣源内が首肯した。

「そこまで馬鹿なのか、あやつらは。城中で騒動を起こすなど、伊賀組を潰《つぶ》してくれと言っているも同然ではないか」

「たしかにな」

あきれる馬場新左衛門に、村垣源内は同感だと言った。

「貧すれば鈍するよ」

明楽《あけら》正乃進《まさのしん》が、横から口を出した。

「隠密御用を取りあげられた忍に、意味などない」

冷たく明楽正乃進が吐《は》き捨てた。

「だが、侮《あなど》れぬぞ」

村垣源内が注意した。

「二対一とはいえ、新左が、傷さえ与えられなかったのだ。舐《な》めてかかるな」

「わかっておる……おっ」

「どうやら来たようだ」

明楽正乃進と村垣源内が同時に気づいた。

「上様のお城で愚かなまねをする輩《やから》に遠慮は要らぬ」

村垣源内のひと言で、お庭番が戦闘態勢に入った。

太下率いる伊賀者第一陣は、お庭番の結界のなかへ踏みこんだ。

「……………」

無言で手裏剣が迎え撃った。

「ぐっ」

六名の伊賀者のうち一人が手裏剣をかわしそこねて、脱落した。

「そこだ」

手裏剣の出所を太下が指さした。

「しゃっ」

二人が棒手裏剣を放った。

「…………」

棒手裏剣ははずされ、手応えなく飛んでいった。

「あっ」

先頭を行っていた伊賀者が、うめき声をあげて倒れた。

「そっちもだ」

太下が、別の方向を見た。

「おう」

伊賀者一人が忍刀を抜いて突っこんだ。

「今のところ二名か。胆沢《いざわ》、高蔵へ報せに発《た》て」

「承知」

一人の伊賀者が戦列から離れた。

「やれ」

見ていた村垣源内が指示を出した。

「…………」

待ち伏せていたお庭番に地の利はあった。

最初から迎撃するに適した場所へ潜んでいたのだ。

お庭番たちが一斉《いっせい》に手裏剣を放った。

十字砲火の形となった攻撃に、伊賀者たちは次々と傷を受けた。

「梁《たて》を盾にとれ」

己も身を隠しながら太下が言った。

「二名が先陣か。ならば、いたところで六名だな。勝った」

胆沢の報告に、高蔵が確信した。

「一弥、二名預ける。お庭番との争いを気にせず、奥右筆の命をな」

「お任せあれ」

命じられた一弥が首を縦に振った。

「押し出せ」

高蔵が手を振った。

天井裏での攻防は、併右衛門にも徒目付にも届いた。

「なんだ」

徒目付たちが、あわてた。

「忍の戦いか」

なんどか冥府防人や、村垣源内の戦う姿を見た併右衛門は、静かな苦鳴の声さえない争いの裏を見抜いていた。

「城中ということは、お庭番と伊賀者か」

併右衛門は的確に把握した。太平の世になれたとはいえ、天下の江戸城である。他国の忍の侵入を許すほど甘くはなかった。

「伊賀者だったか」

ようやく併右衛門は己を刃傷へもちこんだ相手の正体を理解した。

「ふざけたまねを」

併右衛門は怒った。

「お目付さまへ、報せを」

対応に窮した徒目付が、ようやく動いた。

地の利を得ているお庭番に対し、伊賀者は数でかかってきた。

「ちっ」

持っていた手裏剣を使い果たした馬場新左衛門が舌打ちをした。

「こちらも弾切れだ」

少し離れたところで明楽正乃進も手を広げて見せた。

「行くか」

明楽正乃進が忍刀を抜いた。

「おう」

馬場新左衛門が応じた。

「手裏剣がきれたようだな」

高蔵が気づいた。

「こちらの残りは」

「あと八本で終わりでござる」

「使ったな。まあいい。手裏剣は援護ではなく、隙《すき》を見て使え」

「承知」

答えた伊賀者がうなずいた。

「行くぞ」

伊賀者も忍刀を手にした。

江戸城ともなれば天井裏も広い。しかし、人が忍びこむのを嫌い、屋根までの高さはあまりなかった。

中腰で、忍たちはぶつかった。

かなり緒戦で数を減らされたとはいえ、まだ伊賀者のほうが多かった。

剣術での争いとなったところで、地の利も消えた。戦いは、お庭番の有利から均衡、そして不利へと傾いていった。

「押している」

少し離れたところでうかがっていた一弥が、状況を見てつぶやいた。

「いつまで待つつもりだ」

一弥につけられた伊賀者が急かした。昨日伊賀者へ列したばかりの一弥を、古参の伊賀者は軽んじていた。

「もう少しだ。もう一間（約一・八メートル）お庭番を退かせれば」

焦《あせ》る伊賀者を、一弥が宥《なだ》めた。

「しゃ」

小さな気合いを吐いて、伊賀者が馬場新左衛門へ忍刀をぶつけた。

「はっ」

続けてもう一人が馬場新左衛門へかかった。

「くっ」

二人に押されて馬場新左衛門が下がった。

「態勢を立て直せ」

村垣源内が、命じた。

「…………」

お庭番たちが一間ほど跳んでさがり、忍刀を構えた。

「押し返すぞ」

腰を落として村垣源内が言った。

「よし」

一弥が首を縦に振った。

「天井板を外すぞ」

待っていた伊賀者が、動こうとした。

「違う。そこではお庭番から見える」

手を伸ばして一弥が止めた。

「では、どこだ」

「あそこだ。一度外へ出て、庭から座敷へ突っこむ」

一弥が指さした。

たった一度の実戦経験は、一弥を大きく育てていた。一弥は戦《いくさ》だけではなく全体を目にいれられるようになっていた。

三人の伊賀者は、戦場から離脱し、庭へと降りた。

「……しまった」

気づいた村垣源内がほぞを噛《か》んだ。しかし、とても手を回す余裕はなかった。

「なにやつ」

不意に庭へ湧《わ》いた忍装束を見つけたのは、徒目付ではなく、偶然通りがかった旗本であった。

「殺すなよ」

「承知」

注意された伊賀者が、一気に間合いを詰めて、旗本の鳩尾《みぞおち》を拳《こぶし》で打った。

「うっ……」

旗本が意識を失った。

「抜かるな」

三人の伊賀者が、併右衛門の閉じこめられている座敷牢へと突っこんだ。

「なんだ」

破られた襖に徒目付たちが一瞬とまどった。

「くせ者か」

すぐに徒目付たちは気を取り直した。

幸いだったのは、天井裏の異音騒ぎで、徒目付たちが迎撃の準備を整えていたことであった。

「やああ」

一人の徒目付が、一弥目がけて躍りかかった。

「ちっ」

徒目付の一撃は、一弥をたじろがせるだけの勢いを持っていた。

それぞれの徒目付が一人の伊賀者と対峙《たいじ》した。

「おうりゃあ」

徒目付が棒を振った。

「…………」

伊賀者が半歩下がってかわした。

今度は伊賀者が斬りかかった。

「なんの」

棒で徒目付が受けた。

「いつまでもつやら」

一人、部屋の外へ退避した併右衛門は、伊賀者と徒目付の戦いは、そう長く続かないと見ていた。互角のように思えるが、襲われた徒目付は受け身になっており、徐々に下がっていた。

「待っていては助からぬ」

併右衛門は、均衡をこちらへ崩すことを考えた。

「武器はなし。あるのは、この衣服と矢立《やたて》だけ」

矢立とは、筆入れと墨壺《すみつぼ》を合わせたようなものである。かといって、墨壺の墨は乾燥したもので、目つぶしには遣えなかった。

「弁当がある」

足下の弁当箱の一つを併右衛門は持ちあげた。ぎっしりと握り飯やらおかずの詰まった弁当箱は重い。投げつけて当たれば、けっこうな衝撃になりそうであった。

「ためらう理由はない」

併右衛門は弁当箱を伊賀者へ向かって投げた。

伊賀者の一人が、一撃を外され体勢を崩した徒目付へ、忍刀を振り落とそうとした。

「えいっ」

そこへ弁当箱が飛んできた。

「なんだ」

さすがにあたることはなかったが、一瞬伊賀者の動きが止まった。

「そこだ」

隙を徒目付は見逃さなかった。水平に薙《な》いだ棒が、伊賀者の腹を打った。

「ぐっ」

致命傷にはならなかったが、腹をやられた伊賀者は戦力ではなくなった。

「ちいいい」

均衡は破れた。

「なにごとじゃ」

そこへ西方が駆けつけてきた。

「くせ者でござる」

徒目付が叫んだ。

「逃がすな」

西方が鞘《さや》ごと脇差を抜いた。供して来た徒目付も倣《なら》った。

「かかれっ」

脇差を振って、西方が命じた。

形勢は一気に変わった。たちまち伊賀者たちは押されていった。

「逃げるぞ」

無事な伊賀者が、一弥へ言った。

「退くな」

一弥が拒否した。

「生きて帰っていくらなのだぞ。おい、戻るぞ」

二人の伊賀者が庭へと逃れた。

「馬鹿な。ここで退けば、終わりなのだぞ。あいつさえ殺せば……」

一人残った一弥が、無理に突っこんだ。

決死の勢いに徒目付たちがついて行けなかった。

「死ね」

併右衛門の前まで来た一弥が、忍刀を突き出した。

「…………」

ためらうことなく併右衛門は背中を見せて逃げた。

「あっ」

一弥の忍刀が虚《むな》しく外れた。

「こいつ」

「させぬ」

抜かれた二人の徒目付が、後ろから棒を叩きつけた。

「……がっ」

目標を失って、止まった一弥の後頭部へ、棒が食いこんだ。

「くせ者討ち取った」

徒目付が勝ち名乗りを上げた。

「失敗したか」

その声に高蔵が愕然とした。

「抵抗を止《や》めろ。もう、無駄だ」

村垣源内が降伏を呼びかけた。

すでに伊賀者は残り五名となっていた。

「散れ」

高蔵が叫び、背を向けた。

「追え。今度は逃がすな」

冷たい声で、村垣源内が命じた。


弁当を届けた衛悟は、その足で立花家を訪問した。

「お戻りなさいませ。父はいかがでございましたか」

勝手口で瑞紀が待っていた。

「お目にかかるのはかなわなんだが、ご様子だけはうかがって参った」

衛悟は目付から聞かされた併右衛門のことを告げた。

「……お父さま」

瑞紀の目から涙がこぼれた。

「ご案じなさるな。あの併右衛門どのが、このていどのことで負けられるはずもない」

力強く衛悟は述べた。

「信じて、信じてはおりまするが……」

普段気丈な瑞紀が、気弱な姿を見せた。

「瑞紀どの」

衛悟の胸に瑞紀への思慕があふれた。そっと衛悟は瑞紀の肩に手を置いた。

「さきほども遠縁にあたる者から絶縁状が届きました。今まで父に世話をしてもらっていたのでございまする。それが……」

人が離れていく。それが瑞紀の心を痛めつけていた。

「わたくしは、柊の家は、立花どのとの交流を続けておりまするぞ」

強い口調で衛悟は言った。

「衛悟さま」

うつむいていた顔を瑞紀があげた。

「これから先も、拙者《せっしゃ》はあなたの側《そば》にいまする」

婚約のことは併右衛門から口止めされている。衛悟は、想いをそう表現するしかなかった。

「おすがり申してよろしいのでしょうか」

瑞紀が衛悟の目を見た。

「…………」

無言で衛悟は首肯した。

第四章　評定の闘い

一

江戸城内で起こった騒動は、さすがに隠蔽《いんぺい》できなかった。

「どう始末をつけまするか」

翌朝、御用部屋で老中たちが困惑していた。

「刃傷《にんじょう》の片割れを襲う忍《しのび》など、誰が想定しているものか」

太田備中守《びっちゅうのかみ》がお手上げだと頭を抱えた。

「上様にお願いするしかないな」

老中首座松平伊豆守《いずのかみ》が、家斉へ押しつけようと言った。

今や飾りでしかない将軍ではあるが、権威はあった。家斉がこうせよと命じれば、誰も異論を出すことはできなかった。

「それしかございますまい」

太田備中守も同意した。

「言上《ごんじょう》は誰がいたす」

松平伊豆守が一同を見た。

「…………」

戸田采女正《うねめのしょう》と安藤対馬守《つしまのかみ》が目を反《そ》らした。

あからさまに家斉を馬鹿にした行為なのだ。普段、追認だけを求めている老中たちが、困ったからと言って飾りにしている将軍を頼る。少し恥を知る者なれば、とてもお休息の間《ま》へ行けなかった。

「拙者《せっしゃ》が」

評定所への出務に続いて、太田備中守が声をあげた。

「おお。してくれるか」

ほっと松平伊豆守が息を吐《つ》いた。

「では、早速に」

太田備中守が腰をあげた。

すでに話は届いている。お休息の間は、一昨日の刃傷のとき以上にざわついていた。家斉の大奥行きも中止された。

「老中太田備中守、お目通りを願っておりまする」

小姓組頭《こしようくみがしら》が下段の間から告げた。

将軍家の居間でもあるお休息の間では、老中といえども呼び捨てされた。

「許す」

短く家斉が応えた。

「火急にお目通りを願いましたのは、城内騒動の一件について、上様のご判断を賜《たまわ》りたく」

下段の間へ入った太田備中守が述べた。

「御用部屋一同の判断はどうだ」

家斉が訊《き》いた。

「なにぶんにも前例のないことでございますれば、上様のご裁可《さいか》を仰ぐべきと」

太田備中守が頭をさげた。

「そうか。躬《み》に任せると御用部屋は申すのだな」

「畏《おそ》れ入りまする」

顔を伏せたまま、太田備中守が恐縮して見せた。

「わかった」

はっきりと家斉が首肯《しゅこう》した。

「では、いかようにいたしましょうや」

「この度の騒動の始末、越中守《えっちゅうのかみ》に一任いたす」

「えっ」

太田備中守が驚きで言葉を失った。

「躬を補佐する執政どもが、役に立たぬのだ。溜間詰《たまりのまづめ》の者へ意見具申《ぐしん》を求めるのは、おかしくあるまい」

「…………」

皮肉を言う家斉に、太田備中守が黙った。

「越中を呼べ」

「はっ」

小姓がお休息の間外に控えている御殿坊主へ用件を伝えた。

「さがってよいぞ」

唖然《あぜん》としている太田備中守へ、家斉が手を振った。

「上様」

太田備中守が背筋を伸ばした。

「なんじゃ。まだあるのか」

不機嫌を隠そうともせず、家斉が問うた。

「一つだけ、申しあげたき仕儀《しぎ》がございまする」

「申せ」

家斉が許可を出した。

「一昨日の刃傷、昨日の騒動と、両方に奥右筆《おくゆうひつ》組頭立花併右衛門がかかわっておりまする。ともに上様のお城を騒がせ、不埒《ふらち》千万。本日の評定所の審理を待たずして、奥右筆組頭へ、死を命じられるべきと、備中守愚考つかまつりまする」

「…………」

言い終えた太田備中守を、家斉が見つめた。

「奥右筆組頭は、ともに襲われただけであるな」

「ではございまするが、お城を騒がせました罪は許し難きことでございまする」

太田備中守は退かなかった。

「先ほど、前例がないと、そなたは口にいたしたの」

「はい」

家斉の確認に、太田備中守がうなずいた。

「ならば、奥右筆組頭を処断するのは、前例に照らし合わせておるのであろうな」

「それは……」

太田備中守が詰まった。

「矛盾《むじゅん》だの。備中。そのていどのことにも気づかぬのであれば、執政の重任にたえられるとは思えぬ」

「………」

冷たい家斉の態度に、太田備中守が絶句した。

「下がれ」

「はっ」

ふたたび手を振られた太田備中守が、お休息の間から逃げるように去っていった。

「お呼びとうかがいました」

入れ替わるように松平定信が、下段の間へ顔を出した。

「うむ。近うよれ」

家斉が手招きした。

「はっ。小姓組頭、これを」

「お預かりいたしまする」

差し出された脇差《わきざし》を小姓組頭が受け取った。

刃傷以来、お休息の間における刀の扱いがうるさくなっていた。本来ならば、上段の間へ入らないかぎり、脇差をはずさなくともよいのだが、下段の間中央より近づくときは、預けなければならなくなっていた。

「備中守が、なにやら申して参りましたか」

上段の間襖際《ふすまぎわ》へ腰をおろして、松平定信が訊いた。

「うむ。そのことよ」

機嫌の悪いまま、家斉が首を縦に振った。

「騒動のことは聞いたな」

「はい。といったところで、御殿坊主の話を耳にしただけでございまするが」

詳細は知らないと松平定信が述べた。

「それでよい。あの一件の始末、御用部屋ではいたしかねるそうだ。躬が決めるよう求めて参ったのでな、越中守、そなたにさせると答えた」

「情けないことでございまするな」

大きく松平定信が嘆息した。

「とても執政の言葉とは思えませぬ。上様へご苦労をかけぬのが、執政の任。それで失策をおかし、上様の意に沿わぬことがあれば、潔く腹を切る。これが執政の覚悟」

松平定信があきれた。

「越中守」

おごそかな声を家斉が出した。

「はっ」

手をついて松平定信が頭《こうべ》をたれた。

「このたびの騒動一件にかかわるすべてを任せる。御用部屋への出入りも勝手じゃ」

「承りましてございまする」

深く松平定信が、平伏した。

松平定信は、家斉の命を受けた足で、併右衛門が監禁されている座敷牢《ざしきろう》へと向かった。

三度場所を変えられた併右衛門が、疲れた顔で座りこんでいるところへ、松平定信の訪れが報《しら》された。

「これは、越中守さま」

姿勢を正して、併右衛門が礼をした。

「大事はなさそうだの」

「はい。この度は怪我《けが》などはいたしておりませぬ」

併右衛門が答えた。緊張のあまり胸の痛みを併右衛門は忘れていた。

「昨日の騒動の始末、上様より余《よ》が任された」

「はい」

返答のしようがなく、併右衛門はうなずくしかなかった。

「すでに目付より訊かれたとは思うが、もう一度問う。襲い来た者どもに覚えはないか」

「見覚えのある者はおりませなんだ」

「そうか」

二人のやりとりは儀式でしかなかった。すでに、併右衛門も松平定信も伊賀者の仕業だとわかっている。しかし、それを口にするには、他人目《ひとめ》がありすぎた。

「何者だと思うか」

「わかりかねまする。あのような者どもから命狙われる覚えもございませぬゆえ。たしかに奥右筆組頭などをいたしておりますれば、お役目のことでなにかと言われます る。されど……」

「立花としてはなく、奥右筆組頭としては、心当たりが多すぎるか」

併右衛門の言葉を松平定信が引き取った。

「徒目付《かちめつけ》」

同席している徒目付を、松平定信が呼んだ。

「目付、西方と申したか、これへ」

「はっ」

徒目付が出て行った。

「助けてはやらぬ。本日の評定、乗りこえて見せよ」

小声で松平定信が言った。

「ご懸念には及びませぬ」

低い声で併右衛門も返した。

「奥右筆組頭は、老中からも疎《うと》まれておる。かつて、余も何度怒鳴りつけてやろうか と思ったほどだ」

「…………」

併右衛門は苦笑した。

「のりきれたならば、手を伸ばしてくれる」

「なにもかわらずにおれましたなら、一つ借りとさせていただきまする」

「よいのか、余に借りなど作って」

「命よりは、安うございましょう」

「たしかにの」

うなずいて、松平定信が離れた。

「なにか」

そこへ西方が現れた。

「襲い来た者どもの死体はどうした」

「上様のおられる城中に置いておくは不遜《ふそん》と考え、不浄門《ふじょうもん》近くへ移しましてございまする」

「よくぞ気が利《き》いた。見張りは十分であろうな」

「徒目付十名、小人《こびと》目付二十名を配してございますれば」

抜かりはないと西方が述べた。

「うむ。なかなかに気の利きたるなしようである。上様によく申しあげようぞ」

「かたじけないお言葉」

家斉の耳に入れておくと言う松平定信へ、西方が礼を口にした。

「手抜かりなきようにな」

「お任せくださいますよう」

念を押した松平定信は、西方の答えに満足して、座敷牢を後にした。

「みょうな口出しをせぬよう、釘を刺しておくか」

松平定信は、その足で御用部屋へ向かった。

「開けよ」

御用部屋前の廊下で控えている御用部屋坊主へ松平定信が命じた。

「畏れ入りまするが、御用部屋はご老中さまでなければ、御出入りはできませぬ」

御用部屋坊主が拒否した。

「上様より、御用部屋出入り勝手を許された。疑うならば小姓組頭へ確認して参れ」

「では。ご免《めん》を」

子供の店番ではないのだ。相手の言うことを鵜呑《うの》みにしていては、御殿坊主のなかでも選ばれた者しかなれない御用部屋坊主になることはできなかった。御用部屋坊主が、問い合わせに出て行った。

御用部屋坊主が、お休息の間から帰ってくるのを松平定信は待った。

「ご無礼を申しました」

戻ってきた御用部屋坊主が詫《わ》びた。

「よい。お役目のことだ。咎《とが》めはせぬ。開けよ」

「はっ」

鷹揚《おうよう》に許した松平定信に、御用部屋坊主が従った。

「どういうことだ」

開いた襖に、松平伊豆守が怒った。

「上様より、昨日の騒動一件を任された。備中守から聞いておろう」

松平定信が、御用部屋へ踏みこんだ。

「それは聞きましたが、いかに越中守さまとはいえ、御用部屋への立ち入りは……」

「上様よりお許しが出ておりまする」

御用部屋坊主が口を出した。

「なんだと。まことか」

「ただいま確認をいたして参りましてございまする」

顔を向けた松平伊豆守に、御用部屋坊主がうなずいた。

「わかった」

渋い顔で松平伊豆守が認めた。

「どのようになさるおつもりでござろうか」

戸田采女正が松平定信の判断を問うた。

「老中を退いた儂《わし》に責任を押しつけるか」

きびしい目で、松平定信が睨《にら》んだ。

「………」

あわてて戸田采女正がうつむいた。

「執政衆の心得を、御用部屋で話すことになるとは思わなかったぞ」

冷たい声で松平定信が言った。

「それは……」

松平伊豆守が、言い返そうとした。

「ならば、上様に頼らず、案を出せ」

遮《さえぎ》って松平定信が命じた。

「もっとも、今更《いまさら》こうしますと申しあげたところで、上様はお認めにならぬがな」

「………」

言われた松平伊豆守が沈黙した。

「情けない」

嘆息して松平定信が続けた。

「昨日の騒動、幕府へ反逆の意志を持つ外様《とざま》大名の仕業である。よって、目付、徒目付はもとより、奥右筆組頭にもお咎めはなし。逃げた忍らしきものの行方《ゆくえ》を厳しく詮《せん》議《ぎ》させる」

「馬鹿な。襲い来たのは伊賀者《いがもの》で、守ったのがお庭番《にわばん》だと……」

松平伊豆守が声を漏《も》らした。

「ほう。では、どうするというのか、老中首座さまは」

皮肉な笑いを松平定信が浮かべた。

「かつて神君家康さま一大危難である伊賀越えを助け、その功績をもって抱えられた伊賀者が、幕府へ牙《きば》を剝《む》いたと」

「事実でござる」

意地になった松平伊豆守が詰め寄った。

「ふむ。老中首座どのの言葉だ。そのとおりなのでござろうな。ならば、伊賀者は断絶といたそう」

「…………」

怪訝《けげん》そうな顔で松平伊豆守が松平定信を見た。

「いわば飼い犬に手を噛《か》まれたわけでござるな、上様は。当然、その犬どもの世話をしていた者たちの責任も問わなければならぬ。お広敷の役人どもと……伊賀者を支配する老中をな」

松平定信が淡々と告げた。

「では、そのように上様へ言上して参ろう。じゃまをしたな」

「え、越中守さま、お待ちあれ」

安藤対馬守が止めた。

「伊豆守どのが申されたのは、こういうこともありえるという仮定の話でござれば……」

「仮定と言うか」

「はい。でござろう、伊豆守どの」

「……さ、さよう」

歯がみをしながら松平伊豆守が答えた。

「ならば、よろしいな。坊主」

松平定信が御用部屋坊主へ、襖を開けるように命じた。

「ああ、一つ言い忘れていた」

顔だけで振り返って松平定信が、一同を見た。

「このたびのこと、誰にも責を負わせるな。幕府の内部でこのようなことがあったと、世間に知れれば、上様のご威光に傷が付く。責任はすべて執政に帰する。腹切る覚悟がないならば、じっとしておることだな」

言い残して松平定信が出て行った。


騒動の翌朝、宿直《とのい》を終えた御殿坊主の一人が、ひそかに組屋敷を抜け出した。

「至急に会いたいとの仰《おお》せをうかがい」

御殿坊主が訪れたのは、寛永寺《かんえいじ》の別当寒松院《べっとうかんしょういん》であった。

「お呼び立ていたして、申しわけないことでござる」

出迎えたのは、覚蟬《かくぜん》であった。身形《みなり》を整えた覚蟬は、寛永寺の高僧にふさわしい威厳を見せていた。

「少しお教えいただきたいことがござってな。まずはこれを」

白扇《はくせん》を拡げた上へ、覚蟬が小判を十枚置いた。

「十両……」

唾を御殿坊主が大きく飲んだ。

「これは、お休みのところをお出《い》でを願ったことへの御礼。お話を聞かせていただいた後には、別に土産を用意いたしておりまする」

覚蟬が、もう一つ白扇を見せた。

「なんでございましょう」

勢いこんで御殿坊主が訊いた。

「なにやら、お城が騒がしいようでございまするが、なにかござったので」

「昨日の刃傷については……」

「噂ではございますがな」

確認された覚蟬が答えた。

「あの刃傷で一方の当事者であった奥右筆組頭さまが、昨日、またもや襲われたので」

「城中ででございますかな」

「はい」

「それはまた」

覚蟬が驚いて見せた。

「で、奥右筆組頭どのは」

「ご無事でございまする」

「それはよかった。で、襲ってきたのは」

「幕府へ謀反《むほん》を企《たくら》む外様大名の手にある忍だとか。松平越中守さまのお名前で、そう布告がなされておりました」

下卑《げび》た笑いを浮かべながら、御殿坊主が、述べた。

「外様の……」

感心しながら、覚蟬が小判を白扇の上へ載せた。

「十五両……」

一瞬目を輝かせた御殿坊主が、頰《ほお》をゆるめて続けた。

「というのは表向きで、そのじつは、伊賀者だったとか」

「ほう。伊賀者が……なぜでございましょうな。伊賀者と奥右筆組頭どのの間に、なにかかかわりが」

「あいにくそこまでは」

残念そうに御殿坊主が首を振った。

「なるほど、なるほど。で、奥右筆組頭どのは、どうなるのでござろうかの。刃傷の相手も伊賀者であったのでござろう」

覚蟬が表沙汰《おもてざた》にされていないことを口にした。

「どうしてそれを……」

御殿坊主が息を呑《の》んだ。

「少し考えればわかりましょう。立場を悪くすることさえも気にせず、伊賀者が江戸城で奥右筆を襲った。いきなりそのような賭けにでることはありますまい。とくに忍でござれば、己《おのれ》に傷の付かぬ方法を最初はとったはず」

「言われてみれば、納得いきましてございまする。さすがは覚蟬さま」

手を打って御殿坊主が感心した。

「奥右筆どのは、午後から評定所へ」

「評定所。どう見ても被害を受けただけでござろうに」

不思議なと覚蟬が首をかしげた。

「殿中で刃《やいば》を抜いたことが問題となったようでございまする」

「それは哀れな。身も守れぬとなれば、襲うほうがやりたい放題ではございませぬか」

「でございまするが、こればかりは」

同情する覚蟬へ、御殿坊主が首を振った。

「幕府の決まりでございましたな。いや。余計なことでございました」

覚蟬が残りの白扇を、御殿坊主へ差し出した。

「本日はかたじけのうございました。これからもよろしくお願いいたしまする」

「遠慮なくちょうだいいたしまする」

うれしそうに御殿坊主が、金を懐《ふところ》へ仕舞った。

「では、これにて」

御殿坊主が去っていった。

「松平越中守どのは、奥右筆組頭を排除されず、救われたか。ふむ。まだ使い道があると考えたのであろうが……あの御仁もなかなか心を見せぬ。せっかく寛永寺、いや、朝廷の後押しで十二代将軍にしてやると誘っておるのにな。裏があるのやも知れぬ」

一人になった覚蟬が手を叩いた。

「お呼びで」

いつの間にか、部屋の隅に黒い影がうずくまっていた。

「報海坊《ほうかいぼう》、松平越中守の屋敷へ忍べ、なにを考えておるのか、探り出せ」

「はっ」

影が音もなく溶けた。

二

併右衛門は、もう一度、懐の書付《かきつけ》を確認した。

加藤仁左衛門が城中で起こった刃傷の顚末《てんまつ》をすべて書き記した書付は、併右衛門にとって最大の武器であった。

「よし……」

書付を見るのは奥右筆の仕事であり、覚えるのもまた任であった。併右衛門は刀の扱いは苦手でも、文字を追うのは得意であった。

内容を暗記した併右衛門は、書付を懐へ戻した。

「さあ、いつでもぞ」

併右衛門は気合いを入れた。

評定所への呼び出しは、旗本大名にとって碌《ろく》なことではない場合が多い。慶事は朝の内、凶事は午後からの慣例にしたがって、評定所の審理は、昼からであった。

「弁当でござる」

昼前、屋敷から弁当が届けられた。

「一つ限りか」

受け取った併右衛門は、一人漏らした。

前回は、三食分あったが、今回は一つしかない。これは、どう結果が出てももうこの座敷牢へ戻ってくることはないからであった。

無罪放免となれば、屋敷へ帰ることができる。

有罪となれば、どこかの旗本屋敷に預けられ、即日切腹が命じられる。

「腹が減っては戦《いくさ》ができぬか……」

併右衛門は、飯をよく喰う衛悟の姿を思い出しながら、最後になるやも知れない弁当を口にした。

「奥右筆組頭、立花併右衛門。評定所へ移る。出ませい」

襖の外から徒目付が声をかけたのは、昼八つ（午後二時ごろ）前であった。

まだ併右衛門の処分は決まっていない。縄目の恥辱を受けることなく、徒目付、小人目付に囲まれて、併右衛門は評定所へと向かった。

評定所は大手門を出て堀沿いに右へと曲がり、お畳蔵《たたみぐら》をこえた辰《たつ》ノ口《くち》にあった。勅使《ちょくし》などを受け入れる伝奏《でんそう》屋敷と隣接し、総坪数一千六百八十一坪、政《まつりごと》の評定だけでなく、武家の罪を裁いたり、町人からの願いを受け付けるところでもあった。

道三《どうさん》河岸に面した表門から入った併右衛門は、玄関をあがり、誓詞《せいし》の間《ま》へ連れてこられた。本来の評定の場合、罪人は誓詞の間から評定衆席と廊下一つを挟んだ白州へ座らされるが、併右衛門の身分を考慮して、座敷でとなったのである。

「立花どの」

誓詞の間に座った併右衛門へ呼びかけた者がいた。

「柊どのではないか」

目をやった併右衛門は、驚いた。隣家の主《あるじ》柊賢悟であった。

「お変わりないご様子、安心つかまつりました」

賢悟がほっとした顔をした。

「ご迷惑をおかけした」

併右衛門は詫びた。

「なにも」

はっきりと賢悟が首を振った。

「衛悟が、毎日、入り浸《びた》っておりまするだけで」

苦笑しながら、賢悟が首を振った。

「ご当番であったか」

賢悟の役目が評定所与力であることを、併右衛門は思い出した。

「はい。本日の書役《かきやく》を命じられましてございまする」

書役とは、評定で発言された内容を記録する役目のことである。

小さな文机《ふづくえ》を前に、賢悟が筆を点検し始めた。

「お役目ご苦労に存ずる」

「…………」

無言で賢悟が答礼した。

それ以上の会話は控えるべきであった。今は隣家の主同士ではなく、裁かれる側と裁く側に分かれていた。

「評定衆の御出座である。一同控えよ」

「はっ」

評定所留役《とめやく》組頭の声に、併右衛門は頭を下げた。

「お目付どの、勘定奉行どの、南北町奉行どの、寺社奉行どの、ご老中さま」

呼ばれた順に幕府の顕職が評定の間へ入って、並んだ。

評定の間は、横に細長い畳廊下《たたみろうか》のような構造で、目付が最前列、三奉行は横並び、そして臨席する老中が奥に座っていた。

「これより二日前、殿中で起こった刃傷について、評定を開始する」

殿中刃傷は、目付の管轄《かんかつ》である。目付西方内蔵助が口火を切った。

「奥右筆組頭立花併右衛門であるな」

「はい」

確認を求められた併右衛門は、うなずいた。

「しばし、控えおれ」

西方が、評定衆の顔を見た。

「ご異議ござらぬか。では、始めさせていただく」

一礼して西方が、膝《ひざ》一つ前へ出た。

「立花併右衛門、そなた一昨日、殿中桔梗《ききょう》の間《ま》前廊下において、姓名未詳の者より、斬りつけられ、これに応じた。相違ないな」

「ございませぬ」

「最初から抜いて応じたのか」

「いいえ。殿中であることをはばかり、鞘《さや》ごと抜いた脇差にて、身を守っただけでございまする」

問われた併右衛門は、否定した。

「相手も脇差であったか」

「そのように見えましてございまする」

咄嗟《とっさ》のことである。相手をつぶさに観察する余裕など、併右衛門にはなかった。

「受けているうちに、そなたの脇差の鞘が割れた」

「はい」

「相手に見覚えはないか」

「ございませぬ」

淡々と事実の認定がおこなわれていった。

「立花併右衛門、この間の遺恨《いこん》覚えたかと叫んでいたのを、聞いた者が何人もおるぞ。隠しごとは許されぬ。まちがいないな」

「そのように叫んでいたのは、わたくしも耳にいたしましたが、まったく身に覚えのないことでございまする」

併右衛門は否定した。

「西方」

「はっ」

老中太田備中守資愛《すけよし》が、西方を呼んだ。

「よいか」

「どうぞ」

西方が発言を促した。

「奥右筆組頭は、幕府におけるすべての書付を扱う。奥右筆の筆が入らぬものは、効力を発しないとまで言われておるやに聞く。まちがいないか」

「書付すべてを扱うのはたしかでございまするが、我らの筆なきは効なしとおおせられるは、違いまする。ここにお出での三奉行どのが、それはよくご存じでございまする」

併右衛門は、細かいことを担当者へと押しつけた。

「相違ないか」

太田備中守の問いに、三奉行はうなずいた。

町奉行所の出す罪人移送の書付、勘定奉行が毎日のように書く、米や運上の受領書などは、奥右筆の手を経ることはなかった。

「まあいい。しかし、どの書付を先に処理するかは奥右筆が決めておるというではないか。恣意《しい》が入らぬとは言えまい」

続けて太田備中守が詰問《きつもん》した。

「本日は、刃傷のことについての評定だと存じておりましたが、奥右筆の任へのお調べでございましたか」

併右衛門は皮肉を口にした。

「もちろん、お問い合わせならば答えるのは当然でございまする。どの書付を先にするかは、たしかに我らが決めさせていただいておりまする。しかし、これも恣意ではなく、お役目の手続き上のこと。書付のなかには前例を確認せねばならぬものも多ございまする。そのような場合、どうしても扱いにときがかかりまする。また、奥医師の薬不足の追加願いと、他職の下部屋の炭の請求を同列には扱えませぬ」

「ううむ」

太田備中守がうなった。

奥医師は将軍の診療を担当する。併右衛門の出した例に、けちをつけることは老中といえどもできなかった。

「しかし、それでも遅くされた者は納得いくまい」

まだ太田備中守はあきらめていなかった。

「でございましょうな。ですが、それはどの役目でも同じでございましょう。無礼を承知で申しあげまするが、ご執政衆の指示されるお手伝い普請ほど、大名どもの恨《うら》みを買っているものもございますまい」

死ぬか生きるかの境目である。併右衛門は、太田備中守へ遠慮なく返した。

「それに遺恨覚えたかと言われたのが罪ならば、かつて殿中松の廊下で浅野内匠頭《たくみのかみ》より刃傷を受けられた吉良上野介《こうずけのすけ》どのも罰せられていなければなりませぬ。しかし、上野介どのは、咎められるどころか、五代将軍綱吉さまより、ねんごろに養生せよとのお見舞までいただいておりまする。この言葉が問題となるならば、綱吉さまのご裁可にまでさかのぼっていただかねばなりませぬ」

「…………」

併右衛門の言いぶんに、太田備中守が沈黙した。

「言葉が過ぎるぞ」

西方が併右衛門を制した。

「よろしゅうございましょうか」

太田備中守がうなずくのを見て、西方が審議を引き取った。

「役目上、多少の恨みを買うことはある」

西方が述べた。

旗本の監察をし、罪を与え、場合によっては家を潰すこともある目付なのだ。恨まれる覚えは、山ほどある。

「…………」

無言ながら、勘定奉行、町奉行も首肯していた。

「しかし、役目の上のことならば、罪に問われるものではない」

役目を忠実に果たして逆恨みを喰《く》らった。それが罪だというならば、幕府役人の半分は、腹を切らなければならなくなる。

「刃傷を仕掛けてきた者が叫んだ、この間の遺恨については不問とする」

西方が宣した。

「残るは、殿中で白刃を出したことへの審理である」

「殿中で鯉口《こいぐち》三寸切れば、その身は切腹、家は取り潰しと決まっておるはずじゃ」

太田備中守が、いきなり口を挟んだ。

「たしかに、上様のおられる殿中で、刀を抜くことは、許されぬ行為。これについては、いかが弁明するか」

後を引き受けて西方が訊いた。

「わたくしが抜いたわけではございませぬ」

併右衛門は、前提を語った。

「理不尽な暴力に拙者は対応いたしただけでございまする。それも刃を抜くことなく、命の危険を知りながら、鞘で受けておりました。それが、執拗《しつよう》に繰り返された攻撃で割れてしまった。脇差の刃がむきだしとなったことに、わたくしはかかわっておりませぬ」

己の意志で抜いたのではないと併右衛門は告げた。

「しかし、刃が出たのは確かである」

太田備中守は執拗であった。

「一同はどう考えるか」

黙っている三奉行たちへ、太田備中守が水を向けた。

「決まりは決まりでござる」

顔を見合わせていた三奉行を代表して、北町奉行小田切《おだぎり》土佐守《とさのかみ》が意見を述べた。

「当然だの」

満足そうに太田備中守が首肯した。

「決まったようであるな。奥右筆組頭立花併右衛門の職を解き、切腹を命じる。目付、裁断を」

太田備中守が西方を見た。

「お待ちくださいませ」

併右衛門は制止の声をあげた。

「見苦しいぞ、併右衛門。旗本らしく、神妙にいたさぬか」

罵声《ばせい》を太田備中守が浴びせた。

「命を惜しんでおるのではございませぬ」

最初に併右衛門は否定して見せた。命にこだわったなどと評判を立てられれば、旗本として人前へ顔を出せなくなる。

「ではなんじゃ」

いらつきを隠そうともせず、太田備中守が訊いた。

「前例にもとりまするがよろしいので」

「なんだと」

「どういうことだ」

併右衛門の一言に、一同が反応した。

「奥右筆は前例を調べるのも任でござる。殿中の刃傷についても、知っておかなければ務まりませぬ」

前置きから併右衛門は入った。

「過去、殿中での刃傷はつごう六件ございまする」

胸を張って併右衛門は語り始めた。

「最初が寛永《かんえい》五年、目付豊島刑部少輔《ぎょうぶしょうゆう》が、老中井上主計頭《かずえのかみ》さまを刺し殺した。刃傷の背景は省きまするが、御上の裁定は、豊島家は断絶、嫡子《ちゃくし》は切腹。豊島刑部少輔はその場で自害していたため、裁定に出ては参りませぬが、かなり厳しいものでございまする。対して、井上家にはお咎めなし」

目付の名前が出て、西方が苦い顔をした。

「二つ目が、貞享《じょうきょう》元年、御用部屋前で大老堀田筑前守《ちくぜんのかみ》さまが、若年寄稲葉石見守《いわみのかみ》によって襲われた一件でござる。これも稲葉家は断絶に対し、堀田家はお咎めなし」

「その話は知っておる」

西方が口を挟んだ。

「かなり騒動になったと聞く。目付部屋にも記録が残されておる」

「はい」

一礼して併右衛門は続けた。

「次がご存じの赤穂藩主浅野内匠頭が高家吉良上野介どのへ斬りかかった一件でございまする。浅野内匠頭は即日切腹、吉良上野介どのはお咎めなしでございました」

「であったの」

小田切土佐守がうなずいた。

「四番目は、松本城主水野隼人正《はやとのしよう》と長府藩主毛利主水正《もんどのしよう》さまの間に起こりました。いきなり斬りつけられた毛利さまは、脇差を鞘ごと抜いて防戦に努められましたが、重傷。水野隼人正は取り押さえられた後、乱心とされ、叔父水野忠穀《ただよし》へ永《なが》の預け。松本藩は一度改易となりますが、七千石をもって水野忠穀に相続が許され、家名は残りました。当然、毛利主水正さまへのお咎めはいっさいございませぬ」

いっさいをつけて、併右衛門は強調した。

「この度の一件に近いの」

「でござるな」

評定衆が会話をかわした。

「次が九代将軍家重さまの御代、旗本板倉修理《しゆり》が、熊本藩主細川越中守《えつちゆうのかみ》さまを殿中の厠《かわや》で襲ったもの。真相は単なる人違いでござったようでありまするが、越中守さまは死亡。板倉家は断絶、修理は切腹を命じられておりまする。もちろん、細川家にはお咎めありませぬ」

一息併右衛門はついた。

「そして最後は、ご一同さまの記憶にも新しい、田沼山城守《やましろのかみ》さまが、旗本佐野善左衛門に斬りつけられた一件でござる。詳細の説明は不要でございましょう。佐野は切腹、田沼さまにはお咎めもございませなんだ」

併右衛門は語り終えた。

「何が言いたい」

低い声で太田備中守が問うた。

「刃傷を加えられた者は、皆お咎めなしですんでいると言いたいのか」

「ご明察でございまする」

ていねいに併右衛門は頭を下げた。

「奥右筆組頭とはいえ、甘いの」

口の端をゆがめながら、太田備中守が告げた。

「一々刃傷の始末を話したが、どれもお咎めなしだというのは大きなまちがいである」

「はて、どこに」

併右衛門が首をかしげた。

「吉良上野介と毛利主水正の二人を除いて、他は全部、斬りつけられた者が死んでおろう。死人を罪にはできまい」

「それは気づきませなんだ」

西方が手を打った。

「死人に腹切らすことはできぬ。そして、死んだからこそ罪は与えられず、家も残されたのだ」

「吉良上野介どのは、ご存命でござるが」

太田備中守の穴を併右衛門は突いた。

「ふん」

鼻先で太田備中守が笑った。

「吉良上野介が咎められぬのは当然であろう。上野介は浅野内匠頭に襲われながらも、抵抗せなんだ。脇差の柄《つか》に手もかけておらぬのだ。咎めようがなかろう。よいか、今回そなたがここに座らされておるのは、刃傷の相手というより、殿中で抜き身の刃を出したことで咎めを受けておるのだ」

太田備中守が趣旨を逸《そ》らした。

「なるほど、ご老中さまがそう仰せられておられまするが、ご一同はよろしいのでございまするか」

わざと併右衛門は確認した。

「ご老中さまがそう言われるならば」

「さようでござるな」

三奉行が納得した。

「それはいかがでございましょう」

一人西方だけが異を唱えた。

「刃傷の片割れとして、咎を与えるべきかどうか、それが主眼のはず」

「西方」

厳しい声を太田備中守が出した。

「刃傷で襲われた云々《うんぬん》より、殿中で刃を出したほうが、重かろう。上様のお側近《そば》くで、こやつは脇差の刃を出したのだぞ。謀反と言っても差し障りのない大罪であろうが」

太田備中守が告げた。

「それはそうでございまするが」

西方が口ごもった。

老中さえも監察する目付とはいえ、身分は旗本でしかないのだ。後々《のちのち》のことを考えれば、執政相手にあまり強く出るわけにもいかなかった。

「よいな」

「………………」

念を押されて西方は沈黙した。

「ということは……」

あらためて太田備中守が話し出す前に、併右衛門が口を開いた。

「刃傷について、わたくしは咎められないと考えてよろしゅうございますな」

「……刃傷についてはの」

嘲笑《ちょうしょう》しながら太田備中守がうなずいた。

「ただし、殿中で刃を抜いた罪は重い。よって……」

「では、無罪放免でございまするな」

安堵《あんど》のため息を併右衛門は大きくついた。

「なにを申すか。今言ったように、そなたは殿中で刃を抜いた罪で裁かれるのだ」

「ご老中さま。さきほどわたくしが申しあげた刃傷のなかで、もっとも重大な一件の詳細をお話しさせていただきまする」

「なにを今更《いまさら》」

太田備中守があきれた。

「殿中で刃を抜いて、お咎めのなかった前例でございまする」

「黙れ、往生際の悪い」

ふたたび太田備中守が、併右衛門の口をふさごうとした。

「ご老中さま。ここは評定の場でございまする。ここで裁かれる者には、弁明をなすことが認められておりまする。それを御執政衆が止められてよろしいのでございまするか」

併右衛門は言い返した。

「やくたいもない保身の話など聞く意味はない」

「備中守さま」

さすがに問題があると、小田切土佐守が宥《なだ》めた。町奉行は大目付、留守居とともに旗本の顕官である。まず、これ以上の出世はなく、身をひいた後は寄合席《よりあいせき》として、城中に詰めるだけとなる。老中にでもあるていどものが言えた。

「かたじけのうございまする」

小田切土佐守へ、併右衛門は礼を述べた。

「礼を言われることではない。言いたいことを言わせるのが、裁きの手順である。ただし、延命を図るだけの言い逃れであった場合は、その罪重くなると知れ」

きびしく小田切土佐守が釘を刺した。

「ご懸念には及びませぬ。奥右筆組頭以上に、前例を知る者はおりませぬ」

胸を張って併右衛門は言った。

「前置きはよい。申せ」

西方が急《せ》かした。

「殿中で刃を抜いて咎められなかったのは、貞享元年、稲葉石見守が堀田筑前守さまへ刃傷を仕掛けた一件でございまする。御用部屋の前へ筑前守さまを呼び出した石見守が、天下万民のためと叫びながら脇差を振るった。その騒ぎに気づいたときの老中方、大久保加賀守忠朝《おおくぼかがのかみただとも》さま、稲葉美濃守正則《まさのり》さまらが、抜刀され、石見守に斬りつけられました」

「たしかにそうであったな」

思い出したように西方が首を縦に振った。

「石見守は、その場で討ち取られたのであったか」

小田切土佐守が、記憶の確認をした。

「はい」

併右衛門は答えた。

「あのあと、どのお方も老中をおやめになったり、罪をお受けになったお方はおられませぬ」

「ううむ」

西方がうなった。

「待て」

太田備中守が制した。

「あれは慮外者《りょがいもの》を討ち取るためである。刃傷の一件と混同してはなるまい」

「慮外者と仰せられまするが、刃傷では無罪となったわたくしに斬りかかったあやつも同じでございましょう。それに奥右筆部屋に残されておりました記録によりますと、石見守は筑前守さまを刺した後、抵抗する気配もなく、手にしていた刀を下へ落としたとされておりまする。武器もなく無抵抗の者に斬りつけただけでなく、刃傷の当事者を死なせてしまったことは、事件の真相を闇へ葬る結果となりました」

事実ほど強いものはない。併右衛門の切り返しに、太田備中守が黙った。

「このことを問題となさるならば、大久保家、稲葉家にさかのぼって罪を与えなければなりますまい」

沈黙した太田備中守に代わって、西方が言った。

「なにより、お咎めなしと裁可された綱吉さまのご判断を覆《くつがえ》すこととなりまするな」

小田切土佐守が同意した。

「もし、殿中で刀を抜くこと自体が罪となるならば、万一上様へ危難が及びかけたとき、新番組《しんばんぐみ》、小姓番組《こしょうばんぐみ》の一同はどういたせばよいのでしょうや」

併右衛門は、追い撃った。

「…………」

問われた太田備中守は答えられなかった。

「以上でございまする」

深く併右衛門は頭をさげた。

「ご一同、いかがでございましょうや」

西方が、評定衆、一人一人を見回した。

「奥右筆組頭立花併右衛門を罪となすことはあたわず。これでよろしいか」

「よろしかろうと存ずる」

誰もが無言を貫くなか、小田切土佐守が口火を切った。

「同意いたす」

残りの奉行たちも賛意を示した。

「ご老中さま」

最後に西方が太田備中守をうながした。

「そなたたちの思うようにせい。余は多忙であるゆえ、御用部屋へ戻る」

太田備中守が不機嫌そうに立ちあがった。

「奥右筆組頭立花併右衛門。評定所の決定は御用部屋での承認を受けた後、上様のご裁許をもって成立する。それまでは、今までと同じく身を慎《つつし》んでおれ」

言い残して太田備中守が出て行った。

「では、我らも」

小田切土佐守を始めとする三奉行も腰をあげた。

「災難であったな、立花どの」

最後に小田切土佐守がねぎらった。

「畏れ入りまする」

併右衛門は、気遣いに感謝した。

「ではの」

小田切土佐守が去っていった。

「書役ども、筆を置け」

最後に残っていた西方が、告げた。

「ご苦労であった。下がってよい」

「では」

「これにて」

万一に備えて書役は二人いた。笑顔を浮かべた賢悟ともう一人の書役が一礼して誓詞の間を出て行った。

「立花併右衛門」

二人きりになった西方が呼んだ。

「はっ」

「評定所の結果は、罪を問わずになった」

「ありがたいことでございまする」

ほっと併右衛門は息を吐《つ》いた。

「しかし、備中守さまが仰せられたように、最後は上様のご裁可次第である。上様が評定所の審議をお認め下されば、そなたは晴れて放免となる。それまでのあいだ、屋敷にて謹《つつし》んでおれ」

「承知いたしましてございまする」

併右衛門は平伏した。

三

評定所での結果は、その日のうちに御用部屋へと答申された。

「無罪放免か」

結果を読んだ松平伊豆守が嘆息した。

「御用部屋前での刃傷を持ち出されては、いかんともしがたく」

太田備中守がうなだれた。

「いや、よかったのではございませぬかな。これで。もし、奥右筆組頭を罪に問えば、かならずや越中守さまが、過去のことを持ち出されましょう」

「やりかねぬな」

戸田采女正の言葉に、松平伊豆守が同意した。

「となれば、大久保家へ傷がつくことは避けられませぬ。大久保家は徳川家にとって重代の譜代。それに親戚筋も多い。貞享の咎めを今ごろ持ち出して、納得させることは難しゅうございまする」

「執政の手腕を問われることになりそうだの」

仕方ないと松平伊豆守も認めた。

「それを思えば、たかが奥右筆組頭など、不問にしたところで、さしたる影響はございますまい」

「うむ」

「しかし、このまま、なにもなかったとするのは……」

「たしかにそうだの。我が身を助けるために、過去とはいえ執政衆の名前を出すなど、不遜《ふそん》もはなはだしい。奥右筆どもの思いあがりに歯止めをかけるべきだの」

松平伊豆守も憤《いきどお》った。

「殿中を騒がせたとのことで、役目を取りあげる。これならば、どこからも文句は出ますまい」

我が意とばかりに、太田備中守が述べた。

「奥右筆へ一槌《いっつい》を与えるか」

「でござるな」

御用部屋一同が、賛意を示した。

「上様にご報告して参る」

うなずいて松平伊豆守が立ちあがった。

通常、将軍に午後からの政務はない。目通りを願う大名もいないわけではないが、家斉は自まま過ごせる。

「誰ぞ、おもしろい話はないか」

家斉は周囲にいる小姓、お小納戸《こなんど》たちへ声をかけた。

「巷間《こうかん》の噂ではございますが」

小姓組頭が、応じた。

ほぼ一日を共に過ごす小姓や小納戸は、将軍の無聊《ぶりょう》を慰めるという役目も持っていた。求められれば、将棋囲碁でも、和歌俳句でも相手になれるよう、日頃から練習を積み重ねていた。かつてお伽衆《とぎしゅう》と呼ばれた将軍の遊び相手となる大名たちの代わりも、小姓たちの任であった。

「夜な夜な、本郷《ほんごう》の小さな社《やしろ》の境内に、光が満ちるとのことでございまする」

「ほう。それはおもしろいな。誰か見た者はおるのか」

興味をそそられた家斉が、問うた。

「神田に屋敷のある某《なにがし》とかいう旗本が見たそうでございますが、武家は怪異を口にせずと黙っていたところ、光は怪異にあらず、神意なりとのお告げを受け、他人に話したとか」

「それでどうなったのだ」

「その光を見れば、あらゆる厄災《やくさい》から逃れられ、よきことがあるとかで、門前市《いち》をなす賑《にぎ》わいになったと」

「うさんくさいの」

聞き終わった家斉が笑った。

「最初に見たという旗本は、どれほどよい目にあったというのだ」

「それは聞いておりませぬ」

小姓組頭が首を振った。

「最初からうやむやでは、話にならぬな。その社あたりの神官が、参拝客を増やすために考えついた物語であろう」

「さすがは上様。ご明察でございまする」

最後はいつもの追従《ついしょう》で終わった。

「上様、老中首座松平伊豆守が目通りを願っておりまする」

下部屋から小姓が告げた。

「うむ」

鷹揚《おうよう》にうなずいて、家斉が許した。

「三日連続で昼から執政の顔を見るとは思わなかったぞ」

家斉が皮肉を言った。

「おくつろぎのところ、畏れ入りまするが、先ほど評定所より、奥右筆組頭の一件、審議が終わったとの報告がございました」

下の座中央で、松平伊豆守が述べた。

「あの刃傷のことだな」

「はっ。評定所の……」

「待て」

口にしかけた松平伊豆守を家斉が止めた。

「かかわりの一件を越中守に一任いたした。越中守も聞くべきである。誰か、越中をこれへ」

　家斉が命じた。

　待つほどもなく、松平定信がお休息の間へと入った。

「評定所での審理が終わったそうでございますな」

　使者から聞いたのか、座るなり松平定信が言った。

「らしい。伊豆守、申せ」

「はっ……」

　苦い顔で松平定信の到着を迎えた、松平伊豆守が報告した。

「要は、咎めだてずということよな」

「のようでございますな」

　家斉と松平越中守が、顔を見合わせた。

「よろしゅうございましょうか」

　老中首座といえども、将軍と前任者の前では、遠慮がちなもの言いしかできない。

「無罪放免となりましたが、このまま許すのは、いかがなものでございましょうか。後々の戒《いまし》めといたすためにも、城中を騒がせたことを罪として、奥右筆組頭の職を解くべきではないかと、御用部屋一同考えまする」

松平伊豆守が述べた。

「いかが思う、越中」

「話になりませぬな」

松平定信が、斬り捨てた。

「評定所で罪なきとなった者へ、御用部屋が罰を与えるなど論外。それを許さば、評定所の決定を覆《くつがえ》す前例となりまする」

「まさにそうよな」

家斉が首を縦に振った。

「ならぬぞ、伊豆守」

厳しい顔をして家斉が松平伊豆守の提案を拒んだ。

「伊豆守」

「はっ」

松平伊豆守が、頭《こうべ》を垂れた。

「評定所の裁定を認める。手配をいたせ」

「承知いたしましてございまする」

深く松平伊豆守が平伏した。

「越中、供をせい」

家斉が庭へ降りた。

「はっ」

松平定信がしたがった。

「我らは」

「すぐに戻る。留守をしておれ」

訊く小姓組頭へ、家斉はそう命じると、先に立って歩いた。

「上様」

半歩後ろについた松平定信が話しかけた。

「執政どもは、よほど奥右筆がじゃまらしいの」

歩きながら家斉が苦笑した。

「仕事が、どうしても奥右筆のもとで遅くなる。それがたまらぬほど不快なのでございまする」

「不快か。傲慢《ごうまん》なものよな。執政衆といったところで、躬から貸し出された権を振るっておるだけであるのに。その権が先祖代々から受け継がれてきたもののように、振る舞いよる。ときどきは、躬まで思うがままにしようとする」

家斉が不愉快な顔をした。

「それが権の恐ろしさというものでございまする。恥ずかしながら、わたくしも、執政の座を追われて初めて知りました」

松平定信が頭を垂れた。

「越中でさえそうならば、伊豆あたりでは、死ぬまでわかるまいな」

「権の恐ろしさは、人の命でさえ恣《ほしいまま》にできることにございまする。先ほどの奥右筆組頭の話ではございませぬが、死を命じることもできまする。今回御用部屋は、奥右筆組頭を排するに、自らの手を汚さず、上様を、失礼ながら、上様を道具として使ったために、失敗いたしました。もし、最初から御用部屋が、奥右筆組頭へ、城中騒動の罪として、死罪あるいは、役目ご免のうえ、謹慎逼塞《ひっそく》と決めていたとすれば、上様はどうあそばした」

「簡単なことじゃ。そのとおり認めてやったであろうな。それが権を貸し与えた者の責務であろう。御用部屋が決めたことの責を負う。将軍とはそのためにある」

はっきりと家斉が述べた。

「ご立派なお覚悟でございまする」

「さて、おるか」

二人は庭の四阿《あずまや》へ着いた。

「ここに」

家斉の一間（約一・八メートル）ほど左、四阿の陰に村垣源内が控えていた。

「怪我をしたか」

村垣源内を見た家斉が指摘した。村垣源内の左手の袖《そで》から、かすかに白い布が見えていた。

「かすり傷でございまする」

大事ないと村垣源内が左手を背中へ回した。

「ならばよいが。傷は最初が肝心《かんじん》だという。養生いたせ」

「かたじけないお言葉」

村垣源内が、感激した。

「伊賀者は殲滅《せんめつ》したか」

「あいにくお広敷へ逃げこまれましたので……」

家斉の下問に村垣源内が首を振った。

「よき判断であった」

満足げに家斉が首肯した。

「伊賀へお咎めは……」

「せぬ」

問うた松平定信へ、家斉が断言した。

「しかし、あれだけのことをしでかしたのでございまする。さすがに何もなしというわけにも参りますまい」

松平定信が食いさがった。

「躬を殺す気か」

「はあ」

あまりの答えに、松平定信が驚愕《きょうがく》した。

「忘れたか、躬が大奥で女に殺されかけたことを」

「覚えておりまする。もともとこの騒動の発端は、そこにございました。わたくしが、大奥での一件を奥右筆組頭へ調べるよう命じ、このようなことになりましてございまする」

松平定信が首肯した。

「奥右筆を動かした途端に、この騒ぎじゃ。大奥へ女刺客を入れたのも伊賀でまちがいないであろう」

「…………」

村垣源内がすさまじい殺気を放った。

「落ち着け、源内。躬は生きておる」

「はしたないまねをいたしました」

諌《いさ》められて村垣源内が平伏した。

「ここで伊賀を追い詰めてみよ、それこそ窮鼠《きゅうそ》猫を嚙《か》むことになるであろう」

「たしかに」

「ならば、伊賀に恩を売っておけばいい。伊賀の不満は、お庭番へ探索御用を奪われたことだ。しかし、今更《いまさら》、お庭番から探索御用を伊賀へ戻すことはかなわぬ」

「はい」

家斉の言葉に松平定信が同意した。

「となれば、伊賀の不満を抑えるには、この度《たび》のことを利用するしかあるまい。言いかたはよくないが、躬にとって、伊賀の失敗は渡りに船であった」

淡々と家斉は語った。

「これで伊賀も吾に従おう。ようやく大奥で安心して女を抱けるとな」

苦い笑いを家斉が浮かべた。

「上様、言上《ごんじょう》をお許しくださいませ」

頭をさげたまま村垣源内が願った。

「申せ」

「大奥の警固《けいご》も我らお庭番にお命じくださいませ。かならずや、上様の御身をお守り申しあげまする」

「お庭番の力は十分知っておる。その気遣《きづか》いうれしく思うぞ」

「ならば……」

「だが、ならぬ」

顔をあげた村垣源内へ家斉は拒絶を与えた。

「なぜでございましょう」

「手が足りぬ」

家斉が述べた。

お庭番の始まりは、吉宗が八代将軍となったときにさかのぼる。青山にあった紀州藩邸から吉宗の次男が江戸城へ移るときに供奉《ぐぶ》した川村《かわむら》ら六家を皮切りとして、吉宗の母浄円院《じょうえんいん》が和歌山から江戸へ下るときの警固であった村垣ら十一家、あわせて十七家である。そののち、それぞれの分家を新規召し抱えにして、現在二十一家となっていた。

「二十一人で隠密御用、江戸地回り御用、お庭番御用をこなし、さらに大奥の警固までできるか」

「人数をお増やしいただければ」

村垣源内が答えた。

「それもできぬ。そうでなくともお庭番への風当たりは強いのだ。紀州から来た新参者と侮《あなど》られていることくらい知っておろう。それを大奥警固まで間に合うだけ増やせばどうなる。三河譜代などと先祖の功績を吾《わ》がことのように誇っておる役立たずどもが、また騒ぎ出すぞ」

「そのようなもの、痛くもございませぬ」

胸を張って村垣源内が告げた。

「武ではないぞ。あやつらは、もっと別の手段で来る。武ならばお庭番にかなわぬ連中ばかりだが、策では上回る。お庭番を蹴落とすなど、赤子の手をひねるようにやってくれるわ。いかに躬でも老中以下、すべての役人が敵となれば、かばいきれぬ。お庭番は、将軍にとって絶対の信頼を置ける者なのだ。それを失うわけにはいかぬ。よいか、真の腹心というのは、目立ってはならぬのだ。出る杭は必ず打たれる。この度の奥右筆組頭がよい例じゃ」

懇々《こんこん》と家斉が言い聞かせた。

「なるほど。それで奥右筆をおかばいになられたのでございますか。お庭番へ目が向かぬように」

松平定信が納得した。

「そういうことだ。源内の忠義はうれしく思う。だが、大奥の警固は伊賀にさせる。伊賀も馬鹿ではない。これ以上のことはさすがにいたすまい。躬になにかあれば、今度こそ、伊賀が手を下したと思われるのだ。そうなれば、伊賀は終わりだ。将軍殺しを許すほど、執政どもも愚かではない。伊賀者同心は全員切腹、伊賀の国に残る者どもも藤堂《とうどう》藩に命じて根絶やしじゃ」

家康に従って江戸へ来た二百人の伊賀者以外は、未だ伊賀で生活していた。その伊賀を家康から与えられた藤堂家は、服部半蔵《はっとりはんぞう》の一族を家老として迎え、伊賀者たちを藩に組みこんでいた。

「大奥で躬が死ねば、伊賀が潰れる。これからは、必死になって伊賀者は、躬を守るであろう」

「畏れ入りましてございまする」

聞き終わった松平定信が、感心した。

「さて、これで一件は終わったかの」

家斉が息をついた。

「少し疲れたわ。躬は、飾りものの将軍なのだぞ。それが、吾が命のためとはいえ、この三日働きすぎたわ。当分の間、躬はなにもせぬぞ」

「このまま伊賀がおさまりましょうか」

「おさまるまいな」

松平定信の質問へ、家斉があっさりと答えた。

「伊賀にとっては損失ばかりだからの。不満はたまろう」

「その不満はどこへ」

「二つだな。一つはお庭番、もう一つは……奥右筆組頭」

「我らが伊賀者ごときに」

村垣源内が鼻先で笑った。

「数で来られればわかるまい。お庭番の弱みは少ないということぞ。それを考えて動け。よいか、一人お庭番を失えば、躬の指一つがなくなるにひとしいのだ」

「かたじけなき仰せ」

例えられた村垣源内が感激した。

「といっても、心配はしておらぬ。躬の盾《たて》は、破れぬ」

「ご安心くださいませ」

村垣源内が保証した。

「とすれば、狙われるのは、奥右筆組頭でございますな」

「うむ」

家斉が首肯した。

「守りをつけまするか」

顔をあげて村垣源内が訊いた。

「不要じゃ。奥右筆組頭への手助けは、今回十分にした。これ以上はやりすぎとなる。伊賀も城中では二度とすまい。城の外ならば、己でなんとかするであろう。警固もおるようだしの。それで殺されるようならば、それまでの話。奥右筆組頭の後釜などいくらでもいよう。躬はこれ以上かかわるつもりはない」

冷たい顔で、家斉が宣した。

第五章　謀《ぼう》の交錯

一

伊賀者《いがもの》の被害は深刻であった。

「未帰還六名、傷を負って忍《しのび》として復帰の無理な者二名、回復まで相当の日数と治療を要する者二名……無事なのは二人だけか」

あらためて被害を確認したお広敷《ひろしき》伊賀者組頭《くみがしら》藤林喜右衛門は、嘆息した。

「対してお庭番《にわばん》へ与えた被害が、三名を殺し、二名に傷を負わせただけだと」

お広敷の伊賀者詰め所でうなだれる配下たちを、藤林がにらみつけた。

「地の利が相手にあったとはいえ、伊賀者も墜《お》ちたものだ」

「面目次第もございませぬ」

高蔵がうつむいた。

「すんだことは今更《いまさら》どうしようもない。問題は、これからどうしていくかだ」

藤林が切り替えた。

「公然とお庭番を襲ったのだ。無事ですむはずはない。お庭番は上様の隠密だからな」

独り言のように藤林が言った。

「いかがいたすおつもりで」

「知らぬ顔をするしかあるまい。伊賀者はかかわってないとな」

「それが許されますか」

無理だと高蔵が述べた。

「それを押し通すのよ。そのためには、後《うし》ろ盾《だて》がいる。誰がよいか」

藤林が腕を組んだ。

「上様を抑えられる人物でなければならぬ。となれば、老中首座松平伊豆守《いずのかみ》か、前の老中首座松平越中守《えっちゅうのかみ》、あるいは上様の父一橋民部卿《みんぶきょう》」

「まだ老中もおられまするし、御三家も」

「いいや。他の老中たちは血筋が軽すぎる。少なくとも徳川と祖を同じくする松平か、酒井でなければならぬ」

　配下の意見に藤林が首を振った。

「…………」

「御三家は論外だ。代を重ねすぎたことで、すでに将軍の血縁としての価値は薄れている。それに、御三卿《ごさんきょう》のある今、将軍を出すこともなくなった。御三家の意味はもうない。いや、かえって将軍にとって、血筋を奪おうとする敵よ」

　冷たく藤林が否定した。

「朝廷は」

「だめだ」

　一言で藤林は断じた。

「幕府のお情けでようやく生きているような朝廷に、伊賀をかばうだけの度量も力もない」

「御所の隠密というのが昔はあったと聞きまするが」

「あんなもの、とうに途絶《とだ》えたわ。木曾隠行衆《きそおんぎょうしゅう》は、もう残っておらぬはずだ」

　高蔵の意見に、ことごとく藤林は首を振った。

「やはり、この三人しかないな」

藤林が立ちあがった。

「ときに余裕はない。お庭番が態勢を立て直すまでに、手を打たねばならぬ」

「わたくしどもはなにを」

残る高蔵が質問した。

「お庭番がお広敷まで来ることはないと思うが、万一に備えておけ」

命じて藤林は、お広敷を後にした。

老中の登城時刻は、ほぼ決まっている。呉服橋御門《ごふくばしごもん》を入ったところにある上屋敷から、松平伊豆守信明の行列は、朝五つ（午前八時ごろ）出立《しゆつたつ》した。

「駆けよ」

供頭《ともがしら》の合図で、松平伊豆守の行列が小刻みに足を動かしながら、駆けだした。

老中だけに許された刻み足と呼ばれる進みかたである。刻み足の行列に遭《あ》えば、御三家といえども道を譲らなければならず、加賀前田家の当主をして、百万石を返納してもよいから一度刻み足の駕籠《かご》に乗ってみたいと言わせるほど権威のあるものであった。

「…………」

駕籠のなかで沈思していた松平伊豆守は、人の気配を感じて目を開けた。

「お声を出されませぬように」

駕籠のどこからか声がした。

「何者ぞ」

松平伊豆守が小声で問うた。

「どうぞ、聞かれるだけに」

駕籠の底に張りついた藤林が願った。

「伊賀者をお使いになられませぬか」

「……火中に栗を拾えと申すか」

藤林の頼みを無視して、松平伊豆守が応えた。

「かならずや、お役にたちまする」

「今の天下に、忍の任があるか。あれだけの失態を見せた伊賀をかばうだけの価値があるとはとても思えぬ」

はっきりと松平伊豆守は首を振った。

「…………」

返答はなく、気配が消えた。

「上様の機嫌を損じたのだ。誰が手をさしのべるものか」

松平伊豆守が冷たく言い捨てた。

藤林は道三橋《どうさんばし》を渡るところで、駕籠から離れた。

「忍の価値もわからぬか」

行列を見送って、藤林は呟《つぶや》いた。

「今なら、まだ屋敷におるだろう」

藤林は今来たばかりの道を戻った。

「大門は開いていない。出発していないな」

八丁堀《はっちょうぼり》にある松平定信の上屋敷へ、藤林は忍びこんだ。

「ご登城行列を仕立てよ」

上屋敷は、松平定信の登城準備で賑《にぎ》わっていた。

起倒流《きとうりゅう》柔術の遣《つか》い手《て》でもある松平定信は、身のまわりのほとんどを独力ですませる。

「儂《わし》の手伝いをしている暇があれば、少しでも用を早く片付けよ。それが、藩のため、領民のためとなる。それが、形を変えて、余《よ》のためとなっていくのだ」

松平定信は、常々、こう言い、できるだけ身のまわりのことは己《おのれ》でするようにしていた。

「誰だ」

袴《はかま》の紐《ひも》を結んでいた松平定信は、部屋の隅に現れた影を見とがめた。

「伊賀者にございまする」

藤林が姿を現した。

「……救いを求めに来たか」

松平定信が用件を言い当てた。

「ご明察のとおりでございまする。なにとぞ、伊賀者をお救いくださいませ。この度《たび》の危難、お力をいただけましたならば、子々孫々まで伊賀は越中守さまの手の者として忠誠を尽くしまする」

額《ひたい》を床に押しつけたまま、藤林が述べた。

「何人減った」

すぐに返答を与えず、松平定信が問うた。

「六名を失いましてございまする」

正直に藤林は告げた。

「お広敷伊賀者は何名であったかの」

「どうして、お広敷と……」

名乗っていない藤林が驚愕《きょうがく》した。

「それだけ失ってまだ伊賀者として機能できるのは、お広敷だけであろう。あとの明《あき》屋敷《やしき》伊賀者、小普請《こぶしん》伊賀者、山里口《やまざとぐち》伊賀者は、それほど数がおらぬはずだ」

「畏《おそ》れ入りまする。お広敷伊賀者組頭藤林喜右衛門にございまする」

あらためて藤林は名乗った。

「上様への反逆の意志があったわけではないな」

「もちろんでございまする。我らが狙ったのは奥右筆組頭のみ」

しらっと藤林は偽《いつわ》りを述べた。

「ふん。人気者だの、立花併右衛門は」

松平定信も咎《とが》めなかった。

「他にも……」

少しだけ藤林が顔をあげた。

「余を含めて、何人もあやつを狙っておる」

「越中守さまも」

藤林が驚愕した。

「よし、余の秘も知ったの。助けてやろう」

「かたじけのうございまする」

深く藤林が平伏した。

「ついては、お願いがございまする。越中守さまと我らの繋《つな》ぎをなす者をお屋敷へ詰めさせていただきたく」

「かまわぬ」

「ありがとうございまする。近日中に、女が一人参りまする」

「女か。余はもう閨《ねや》の欲望はないぞ」

松平定信が苦笑した。

「お抱きくださらぬともよろしゅうございまするが、できれば閨へお招きいただきとう存じまする。他人の目と耳をもっとも防げますゆえ」

藤林が説明した。

「そうか。ならば、十年ぶりに女を抱くとしよう」

「ありがとうございまする。念のために申し添えまするが、伊賀の女は、孕《はら》みませぬ」

「便利なものだの。わかった。もう去れ、余は急ぎ上様へお目通りをして、伊賀の口添えをせねばならぬ」

用件は了承したと松平定信が手を振った。

「よしなにお願い申しあげまする」

霞《かす》むようにして藤林が消えた。

「やれ、忍というのは、わけのわからぬものよな。あのような者に、閨を守らさねばならぬとは、将軍というのも、あまり佳《よ》いものではないの」

袴の紐をきちっとしめて、松平定信は玄関へと足を進めた。

「お発《た》ち」

八丁堀の松平家上屋敷の大門が開かれ、松平定信の行列が、出発した。

「これで一安心だが……崖《がけ》を下りつつある伊賀を支える紐は多いほどよい」

行列から離れて、藤林は江戸の町を走った。

五つごろは、諸役人、諸大名の登城がもっとも多い。混み合う江戸城間近を藤林は、風のように駆けた。

藤林は、江戸城神田橋御門《かんだばしごもん》を潜《くぐ》って、隣接する神田館《かんだやかた》へと侵入した。

「これは……」

そのことに一人絹が気づいた。

「兄上がおられぬときに……」

一瞬顔をしかめた絹は、音もなく天井へと跳びあがった。

「御前さまへ害なす者は許さぬ」

絹が天井裏を走った。

「……………」

一橋治済は、御座の間で煙草《たばこ》をくゆらせていた。

将軍の父とはいえ、治済は無役である。さらに賄《まかな》い料《りよう》十万俵という領地をもたない御身内衆《みうちしゆう》という身分なのだ。政務などない。朝から、何一つすることなくただ一日が過ぎていくのを、感じるだけであった。

「御前さま」

治済の耳に絹の声が聞こえた。節を抜いた細竹を遣って、聞かせたい者だけに声を届ける忍の技であった。ちらと天井を見あげた治済が、立ちあがった。

「庭へ出る。ついてくるな」

供しようとする小姓《こしよう》たちに釘を刺して、治済は中庭の四阿《あずまや》へ一人足を運んだ。

「どうした」

「何者かが、お館へ忍びこんだようでございまする」

姿を見せず、絹が報告した。

「何人だ」

「……一人と思われまする」

問われて絹が答えた。

「おもしろい」

治済が笑った。

「なにが目的かわかるまで、手出しは禁ずる」

「ですが……」

「絹」

抗弁しかけた愛妾を治済が叱《しか》った。

「余の退屈をひとときでも紛《まぎ》らわせてくれるのだ。じゃまをするな」

「申しわけございませぬ」

絹が詫《わ》びた。

「近づいて参りまする」

声音に緊張をのせて、絹が言った。

「うむ」

治済が首肯《しゆこう》した。

「一橋民部卿さまと拝察いたしまする」

四阿の前へ、藤林が平伏した。

「何者じゃ」

「伊賀者にございまする」

藤林が答えた。

「ほう。忍か、で、その忍が、余になんの用だ」

「お飼いくださいませぬか」

「伊賀者をか」

「はい」

確認した治済へ、藤林が首肯した。

「上様へ取りなして欲しいのだな」

城中での騒ぎは、神田館にいても聞こえていた。

「我らの存続がかかっておりまする。なにとぞ、お慈悲を賜《たまわ》りたく」

藤林が、地に額をつけた。

「儂になんの得がある」

「どのようなことでもご命とあらば、果たして見せましょう」

治済の問いかけに、藤林が述べた。

「ほう。どのようなことでもか」

「はい」

藤林が顔をあげた。

「松平越中守を害せよと申してもか」

「お望みとあれば親でも殺してみせまする」

じっと治済を見つめながら、藤林が応じた。

「気に入った」

治済が手を叩《たた》いた。

「上様へ願ってやろう。ただ、うまくいくという保証はないぞ」

「そのときは、あきらめまする」

「逃がしたい者があれば、匿《かくま》ってはやる」

「かたじけのうございまする」

何度目かわからない礼を藤林がした。

「用があるときは、どうすればいい」

「奥へ一人女を入れさせていただきたく」

「なるほどの。閨でか。わかった」

笑いながら治済が認めた。

「よろしいか、そこに潜んでおられる女性《にょしょう》」

四阿の屋根へと、藤林が声をかけた。

「ほう。絹の隠形《おんぎょう》を見抜くか」

治済が感嘆した。

「かすかに、香の匂いがいたしましたので」

「だそうだ。絹。そなたも奥に慣れてしまったようじゃの」

かつて品川《しながわ》近くの伊丹屋《いたみや》の寮に住んでいたときは、身を飾ることもなかった絹だが、治済のお手つきとして神田館に移った以上、奥のしきたりを無視することはできなかった。

奥全体に漂うよう焚《た》きこめられた香が、絹の身体《からだ》にいつの間にかしみこんでいた。

「畏れ入りまする」

姿を見せず絹が、恐縮した。

「声がしても姿は見えませぬ。さすがは民部卿さま、これだけ手練《てだ》れの女忍《おんなしのび》を抱えておられるとは」

藤林が感嘆した。

「忘れよ」

冷たく治済が命じた。

「はっ」

逆らうことなく、藤林が黙った。

「では、早々に女をよこせ。できるだけ美形をな。やはり抱くならば、見目麗《みめうるわ》しいほうがよい。あと、あまり若いのは要らぬ。身体をほぐすのが面倒じゃ」

「伊賀選《え》りすぐりの女を差し出しまする」

「もう一つ、孕み女をよこすなよ。余の子を産む女は決まっておるのだ。不遜《ふそん》なまねをしたならば、余は伊賀の敵になるぞ」

冷酷に治済が宣した。

「承知いたしましてございまする。では、よしなにお願いつかまつりまする」

平伏した藤林が、朝の空気に溶けた。

「御前さま」

気配が消えたのを確認して、絹は治済の前へ降りた。

「嫉妬《しっと》か」

笑いながら治済がからかった。

「そのようなものではございませぬ。閨へ女忍を入れるなど……女忍ほど、殺しに長《た》けた者はおりませぬ。口のなか、乳首、陰部へ毒をしこむなど当たり前、女によっては、女陰の奥へ針を忍ばせる者もおりまする」

絹が、いさめた。

「御身になにかありますれば、わたくしは……」

「たかが伊賀の女ていどに、絹は、余を殺させるのか」

治済が絹の言葉を遮《さえぎ》った。

「それと少しは妬心を見せい」

「……御前さま」

笑いながら言う治済に、絹がとまどった。

「ちょうどよいのだ。伊賀はな。そなたや、鬼のように惜しい者とは違う。使い捨てるにちょうどよい」

振り返った治済が江戸城を見上げた。

「家斉を殺す駒を手にできた」

力強く治済が手を握りしめた。

「さて、では、吾《わ》が子に会いに行くかの。親孝行な家斉じゃ、よもや父の願いを断るようなことはあるまい」

治済が、小さく笑った。

二

帰宅した翌朝、併右衛門は久しぶりの快眠をむさぼっていた。

「お父さま」

部屋の外から瑞紀が呼んだ。

「なんじゃ」

「お城より前触れのお方がお見えでございまする。正《しょう》四つ（午前十時ごろ）、目付西方内蔵助《くらのすけ》さま、当家へお見えなされまする」

「そうか。急ぎ身支度《みじたく》をせねばならぬな」

併右衛門は夜具をはねのけた。

「開けさせていただきまする」

断ってから瑞紀が襖《ふすま》を開けた。

「お父さま……」

廊下から瑞紀が併右衛門をじっと見た。

「安心せい。午前中の通達は慶事と決まっておる」

一度咎を受けた家は敏感になる。それが冤罪《えんざい》であり、名誉を回復された後でも、恐怖は残る。昨日まで親しかった人が手のひらを返したように離れていくのを目《ま》の当たりにしただけでなく、無責任な噂まで立てられたのだ。心に傷が付いても当然であった。

娘の危惧《きぐ》を併右衛門は笑って払拭《ふっしょく》した。

「はい」

瑞紀がようやく笑った。

「飯を頼む。お目付さまが来られるまで、一刻《いっとき》（約二時間）もないのだ。言い渡しを受けているときに、腹でも鳴れば、恥じゃ」

「ただちに」

あわてて立ちあがる瑞紀を、併右衛門が呼び止めた。

「待て。隣家の衛悟も呼んでやれ。少し話もある」

「朝餉《あさげ》にでございまするか」

「一緒に喰《く》おうと言ってやれ。もし、家ですませていても、若いゆえ、まだ入るであろう」

衛悟の名前を聞いて、少し頬《ほお》を緩めた瑞紀に、併右衛門は苦笑した。

「はい」

瑞紀が小走りに去っていった。

「慶事は朝の内か」

併右衛門は呟いた。

小半刻《こはんとき》ほどで、朝餉の用意と衛悟の来訪は整った。

「お招きありがとうございまする」

膳を前に衛悟が礼を述べた。

「うむ。まあ。食事にしよう。あと半刻ほどで、お目付さまが来られる。あまりのんびりとしてもおられぬ」

「いただきまする」

衛悟が箸《はし》を持った。

裕福な立花家だが、謹慎中では、魚を出すわけにもいかなかった。膳の上には、干した大根を水で戻したものを具にした味噌汁と、菜のお浸《ひた》し、漬けものだけしかのっていなかった。

「うまいな」

併右衛門が飯を噛《か》んで、思わず口にした。

「これほど温かい飯がうまいものだとは、気づかなかったわ」

「…………」

座敷牢を経験したことのない衛悟は、なにも言えず、ただ黙礼した。

「替わりを」

併右衛門が瑞紀へ茶碗を出した。

「はい」

ほほえみながら瑞紀が受け取った。

まともな武家では、給仕に女がつくことはなかった。しかし、立花家では、瑞紀がおこなう慣例となっていた。

「儂がおらぬ間、世話になった」

茶碗が返ってくるまでの間に、併右衛門が礼を述べた。

「いえ。そのようなことは」

あわてて箸を置いて、衛悟は首を振った。

「礼はあらためてさせてもらう。もちろん、柊の家へだが」

「お父さま」

瑞紀が聞きとがめた。

「なんだ」

併右衛門が問うた。

「柊さまもお世話になりました。お礼をいたすのは当然でございまする。ではございますが、衛悟さまには、直接いろいろとしていただきました。お家だけでなく、衛悟さまへもお礼をいたすべきでございましょう」

「だそうだぞ」

娘の言いぶんの感想を、併右衛門が衛悟へ振った。

「なにか、すごいことをした気になりまする」

衛悟は、嘆息した。

「と申しておるが」

今度は娘へ併右衛門は顔を向けた。

「衛悟さま。立花家が危難のおりに、手をさしのべてくださったのは、あなたさまだけなのでございまする。それを……」

「当然だからな」

併右衛門が遮《さえぎ》った。

「……お父さま」

瑞紀が怒った。

「家族だからの。親の心配をし、妻を気遣《きづか》うのは当たり前であろう」

「えっ……」

笑いながら話しかけられた瑞紀が、絶句した。

「わからぬか。賢いように見えて、こういうところは、鈍いの。瑞紀、衛悟を婿《むこ》にすることにした」

「…………」

瑞紀が唖然《あぜん》とした。

「念のために言っておくが、衛悟は、そなたの夫となるのを了承したぞ」

「……衛悟さま」

言われた瑞紀が、衛悟を見た。

「よしなにお願いする」

衛悟は頭を下げた。

「本当はな」

飯を喰《く》い終えた併右衛門が茶をすすった。

「瑞紀の婿には、千石あたりの旗本から選ぶつもりでいた」

「お父さま」

瑞紀が怒りを見せた。

「…………」

当然だと考えていた衛悟は、反応しなかった。

「だがな、儂は、いや立花の家は、巻きこまれてしまったのだ。政《まつりごと》の裏の争いに。使えるものは、権であれ、力であれ、金であれ、なんでも構わぬという戦いにな。そして、この戦いに生き残らねば、立花の家は潰《つぶ》される。先祖が戦場で命を賭け、儂が筆をもって築きあげたすべてを失うこととなる。儂は腹を切らされ、おまえは遠縁の親戚へ預けられて、女中同然に使われる。そのようなこと許せるものか」

併右衛門が憤怒《ふんぬ》をこめて語った。

「知恵で来るならば、儂がどうにでもできる。権で来てもな。奥右筆にはそれだけの力がある。だが、武には、対抗できぬ。儂は剣など持ったことがないからの。そこで、儂は衛悟に目をつけた。最初は金で雇っただけの警固のつもりでいた。ことが無事にすんだとき、どこぞ柊家と釣り合うていどの養子の口を与えて、縁を終えるつもりだった」

「…………」

娘が睨《にら》んだ。

「それが、瑞紀、おまえの幸せだと考えていたからだ。いい家柄から婿をもらえば、実家の引きで、立花の家はますます栄える。それこそ、千石も夢ではなくなるのだ。千石となれば、旗本のなかでも名門だ。役目にも就きやすく、また、出世も早い。子々孫々まで安泰となる。親として子の行く末を思う。なにかまちがっておるか」

「いいえ」

父の真意がわからぬほど、瑞紀は愚かでなかった。

「だが、儂は甘かった。それほど政の闇は浅くなかった。そなたにも辛い思いをさせた」

「いえ」

瑞紀が首を振った。

併右衛門にとって瑞紀こそ最大の弱点である。一人娘の命は、なににも代え難い。親ならば誰もが持つその思いを二度も利用された。

「儂だけなら、たぶん、そなたを救えなかっただろう。おそらく親子共々に死んでいたはずだ。それを衛悟が助けてくれた」

「とんでもない。わたくしはそれほどのことをしてはおりませぬ」

「謙遜《けんそん》するな」

手を振る衛悟へ、併右衛門が述べた。

「お主は、我ら親子のために、命をかけた。そして相手を殺した。侍は人を殺すのが本分とはいえ、この泰平の世でできるものか。その心にたまった澱《おり》へ、儂は敬意を表する」

併右衛門が軽く頭を下げた。

「瑞紀よ」

「はい」

父に見つめられた瑞紀が応えた。

「儂は衛悟以上に頼れる者を知らぬ。いつか、儂が奥右筆組頭という権を失ったとき、代わってそなたを守る者として、衛悟を選んだ。そなたに相談もなく決めたことは詫びる」

「……お父さま」

瑞紀の目に涙が浮かんだ。これだけの想いを向けられて感動しない者などいるはずもなかった。

「ありがとうございまする」

深々と瑞紀が手を突いた。

「衛悟さま」

膝《ひざ》を動かして、瑞紀が衛悟の正面へ来た。

「ふつつか者でございまするが、よろしくお願い申しあげまする」

「こちらこそ、何も知らぬ未熟者でござる」

二人して互いに礼をかわした。

「心配するな。衛悟は儂が厳しく鍛えてくれる。立花は武ではなく文をもってお仕えする家柄じゃ。一から教えてくれよう」

併右衛門が、笑った。

「それと、おまえたちの婚礼はまだ先じゃ。このような不安定な状況で、婚姻《こんいん》などかわしている余裕はない」

「…………」

「はい」

瑞紀と衛悟が首肯した。

「わかっておると思うが、衛悟、婚礼を果たすまで、不埒《ふらち》なまねを瑞紀にしかけたら、許さぬぞ」

一転して怖い顔をした併右衛門が釘を刺した。


目付西方内蔵助の用件は、立花併右衛門の無罪放免を伝えるものであった。

「明日より、常態の勤務へ戻るよう」

「はっ」

上使である西方へ、併右衛門は平伏した。

「また、日頃の精勤振りを愛《め》でられ、上様格別の思し召しをもって、常陸国《ひたちのくに》谷原《やはら》において五百石を賜る」

「それは……」

併右衛門は驚愕して顔をあげた。

「謹んで承《うけたまわ》れ」

作法を破った併右衛門を西方が叱った。

「申しわけございませぬ」

併右衛門が詫びた。

「領地の詳細は、後日、あらためて通達がある。めでたいの」

「かたじけのうございまする」

祝を言う西方へ、併右衛門は礼を述べた。

「では、精々《せいぜい》務めよ」

西方が去っていった。

「儂が領地持ちか」

併右衛門は呟いた。

幕臣には大きな区別があった。将軍に目通りのできる旗本と、できない御家人である。そして目通りのできる旗本にも、区別があった。領地を持っているか、禄米《ろくまい》支給かである。

当然、領地持ちが格上になる。殿中席次が明らかに違う役職の場合を除いて、同じ石高ならば、領地持ちが禄米支給より上座となった。

併右衛門は柊家と同じ二百俵から累進して五百石となっていたが、禄米支給のままであった。それが領地になった。

「足高《たしだか》が取れた」

喜びを併右衛門が露《あら》わにした。

かつて役高はそのまま禄高となった。たとえば五百石の旗本が目付に抜擢《ばってき》されれば、家禄は役高である千石へ加増され、役目を引いた後もそのまま与えられた。しかし、これは、無条件の加増であり、年を重ねるごとに幕府の負担が増えた。八代将軍吉宗は、経費削減のために役高制を廃止し、足高を採用した。足高とは、その役目に就いている間だけ、役高へ家禄を増やすが、辞めたところでもとの石高へ戻すことである。こうして、有能な旗本の登用をくりかえしても、幕府の財政負担はそれほど大きくはならなくなった。

併右衛門も足高で五百石となっていた。それが、領地となれば、話は変わった。領地は子々孫々へ受け継ぐことが許される。そう、立花家の禄が五百石に増えたのだ。

「これで隠居しても家禄は減らぬ」

力強く併右衛門が述べた。

「といってもこれは……」

併右衛門の興奮が冷めた。

「口止め料というわけだ。伊賀者に襲われたことを他言するなということだな」

併右衛門が、苦い口調でつぶやいた。

三

お広敷に戻った藤林喜右衛門は、待ち構えていた配下たちへ説明した。

「越中守さまと一橋さま、お二人に援助をお願いしたと」

高蔵が確認した。

「うむ」

「無茶な」

配下たちがあきれた。

「越中守さまと一橋さまは、仇敵《きゅうてき》の仲でございますぞ。もし、越中守さまから一橋さまを害せよとの命が出たらどうするのでございますか。逆も」

食いつくような顔で高蔵が問うた。

「先にその命を出されたほうにしたがえばいい」

あっさりと藤林が述べた。

「なんと……」

「少しは考えろ。その命を出したということは、我らに弱みを握らせるも同然なのだ。指示どおり命を果たせば、我らは絶対の保護を、そのお方から受けることになる。そして、殺されたお方は、もう伊賀へ仇《あだ》なすことなどできぬようになるのだ」

藤林が語った。

「では、互いに相手を探れと命じられたときは」

「探ればいい。伊賀にとってつごうが悪くならぬかぎり、相手に教えてやればすむ。それでどう動かれようが、我らの手のひらの上でしかない。いくらでも対処はできる」

「…………」

高蔵たちが黙った。

「わかったか。ならば、女を二人呼び出せ。閨ごとに長け、毒に精通した者がよい」

「でござれば、治田《はるた》の妹蕗《ふき》と竜山《たつやま》の娘摘《つむ》が適任かと」

初老の伊賀者が名前を挙げた。

「ここへ呼べ」

「ただちに」

お広敷は大奥を管轄《かんかつ》する。女の出入りがあってもなんの不思議もなかった。

「蕗でございまする」

「竜山の摘、お呼びとうかがい参上いたしました」

一刻（約二時間）ほどで、女忍二人が、お広敷伊賀者番所へ現れた。伊賀者番所は大奥の出入り口である七つ口に近く、伊賀者だけしか出入りしなかった。

「用件は聞いておるな」

「はい」

二人そろってうなずいた。

「何を遣《つか》える」

「わたくしは針を」

「薄刃を」

藤林の問いに、蕗と摘が答えた。いつのまにか二人の手に光る武器があった。

「なるほどな。女のなかへ隠して閨へ持ちこめるか」

それぞれの武器を見た藤林が納得した。

「毒も遣えるな」

「はい」

ふたたび二人が首肯した。

「むくろじの実はいれているのか」

「はいっておりまする」

「わたくしも」

二人が認めた。

女忍は、いつどこで誰に抱かれるかわからなかった。それこそ殺す相手と一夜を共にすることもあるのだ。それで妊娠でもしたら目もあてられない。女忍は、引退し、誰かの妻になるまで子を孕まないよう、身体のなかへ異物をしこんでいた。

「外せ」

「それは……」

「よろしいので」

言われた二人が驚愕した。

「蕗、そなたの相手は、もと老中首座、そして八代将軍吉宗の孫である松平越中守定信さま、そして摘、そなたは上様の父、一橋民部卿治済さまじゃ」

藤林は、吉宗にだけ敬称を付けなかった。

「伊賀との繋ぎ役として、それぞれの屋敷に入って貰う。いつものように、側女《そばめ》としてだ」

「はい」

女忍の仕事は、ほとんどが閨であった。

男の本音を知るに睦言《むつごと》ほど確かなものはなく、男がもっとも油断するのは、閨ごとの最中であった。

どれほど武芸の達人であっても、精を放つ瞬間には大きな隙《すき》ができた。

「二人の精を受け、子を孕め。さすれば、伊賀と白河《しらかわ》松平、伊賀と御三卿に大きな結びつきができる。たとえ越中守さま、民部卿さまが、死んだ後でも、縁は続く」

「承知いたしましてございまする」

女忍たちが、請《う》けた。

「では、行け。すでにそれぞれの屋敷あてへ、偽りの身分と紹介状を出してある」

「はっ」

「お任せを」

蕗と摘が、伊賀者番所を出て行った。

四谷の伊賀組組屋敷では、お庭番との戦いで生き残った者たちが集まっていた。

「このまま耐えろというのか」

戦いで左腕を肘から失った伊賀者がわめいた。

「いたしかたあるまい。伊賀存亡の危難なのだ。ようやく組頭が、生き延びるための伝手《つて》を作られた。そのさなかに、お庭番へ復讐するなど、己の首を絞めるも同然ではないか」

高蔵が慰めた。

「しかし、殺された者たちの恨みは収まらぬぞ」

別の伊賀者が述べた。

修験道《しゆげんどう》から発し、常人では考えられない技を身につけた伊賀者は、迷信深かった。殺された仲間の怨念《おんねん》は、その恨みを晴らすまでとどまると信じられていた。

「死人の恨みを晴らすより、生きている者の先を心配せんか」

怒声を高蔵が浴びせた。

「なにより、お庭番に勝てるのか」

「勝てる。お庭番など二十人もおらぬ。お広敷伊賀者五十余名が力を合わせば、お庭番など敵ではない」

高蔵の指摘に、年嵩《としかさ》の伊賀者が大きく手を振りあげた。

「ふたたび江戸城で戦うつもりか。たとえお庭番を滅ぼしたとしても、伊賀組は終わる。さすがに上様も、二度はお許しになるまい」

「うっ」

言われた年嵩の伊賀者が絶句した。

「組屋敷を襲えばいい」

若い伊賀者が発案した。

「桜田《さくらだ》の御用屋敷は、お庭番の本拠、いわばここ、四谷の組屋敷と同じ。地の利は完全に守る側にある。それでも勝てると」

「……………」

伊賀者たちが沈黙した。

「では、どうすればいいのだ」

泣きそうな声で若い伊賀者が訊《き》いた。

「恨みを変えればいい。思い出せ、我らの狙いは誰だった、お庭番ではなかったはずだ」

「奥右筆組頭か」

若い伊賀者が、高蔵の言葉を受けた。

「うむ」

「もとはといえば、あやつが伊賀のことを調べ始めたからよ」

「であるな。それがなければ伊賀は動かず、仲間も死なずにすんだ」

伊賀者が顔を見合わせた。

「だの。それに奥右筆組頭ならば、やれる。伊賀の恨みへの生け贄《いにえ》には、十分だ」

年嵩の伊賀者が同意した。

「先ほど調べたところによると、奥右筆組頭は、禄米取りから領地持ちへと出世したそうだ」

「くそっ。伊賀を踏み台にしたな」

厳しい声で若い伊賀者が吐《は》き捨てた。

「奥右筆組頭は、どこだ」

「今日一日は屋敷だ。明日より任に戻るらしい」

高蔵が告げた。

「ならば、今夜がよい」

「うむ。さすがにもう襲われるとは思っておるまい」

若い伊賀者の意見を高蔵も推した。

「三人もおれば十分か」

「いや、待て。先だって越中守さまの屋敷から戻る途中を襲ったが、二人がかりで倒せなかったぞ。吾《われ》は直接見たわけではないが、かなりの腕の護衛を抱えているそうだ」

　高蔵が慎重にいくべきだと述べた。

「ならば五人出せばよい。護衛に三人向かわせれば、いかに剣術の名人といえども、どうしようもあるまい。その間に奥右筆組頭を殺せばいい」

　年嵩の伊賀者が提案した。

「組頭には報《しら》せるのか」

「いいや」

　高蔵が首を振った。

「皆はどう思うのだ。襲撃にも加わらず、これだけ仲間が死んだというに、責任も取らぬ。このような者を組頭として仰げるのか。吾は嫌だ。吾はあのような腑《ふ》抜《ぬ》けではないぞ」

「…………」

　誰も返事をしなかった。

「いつまた使い捨てられてもいいのだな。八田の家をみろ。兄弟二人とも死んでしまったではないか。八田の血筋は絶えた。二度も夫を失った妻はどうすればいい」

「ううむ」

難しい顔で年嵩の伊賀者がうめいた。

「たしかに伊賀の存続ははからねばならぬ。組頭の打った手は認める。だが、仇敵の二人を手玉に取ろうとするのは、あやうい。越中守さまはそれほど甘い御仁ではなかろう。民部卿さまも。それになんといっても、お二人ともあの憎むべき吉宗の血筋なのだ」

「吉宗め」

伊賀にとって吉宗は矜持《きょうじ》と収入を奪った憎き敵でしかなかった。

「わかった」

若い伊賀者が手をあげた。

「奥右筆組頭をしとめたら、吾は、高蔵どのへ従おう」

「死んだ者たちの意見を聞くべきだの。吾も奥右筆組頭を殺せたら、高蔵どのへ力を貸す」

年嵩の伊賀者がうなずいた。

「吾も井上《いのうえ》どのと同様だ」

「拙者《せっしゃ》も」

集まっていた伊賀者全員が同意した。

「よし。奥右筆組頭を倒す」

高蔵が宣した。

四

「一橋民部卿がお目通りをと願っておられまする」

昼餉《ひるげ》をすませ、一息ついていた家斉へ小姓が言上《ごんじょう》した。

「父がか。何用であろう。よい。通せ」

家斉が許可した。

たとえ親子であっても、今は主従でしかなかった。治済はお休息の間下段中央で、深く頭をさげた。

「上様には、ご機嫌うるわしく、民部、心よりお慶《よろこ》び申しあげまする」

「民部卿も息災のようでなによりだ」

「これも上様のおかげでございまする。上様の御治世が穏やかなればこそ、その末葉につながるわたくしも恩恵を賜り、冥加《みょうが》を謳歌《おうか》できまする」

「躬《み》の治世を支えてくれる者どもの功績じゃ。もちろん、民部卿の手助けはいつもありがたいと思っておる」

親子らしくない会話を二人はしばらくかわした。

「で、今日はなんの用だ」

親子よりも身分がものを言う。家斉は尊大《そんだい》な態度で臨んだ。

「一つお願いをいたしたく」

「願い……またか」

苦い顔を家斉が見せた。

治済は、よく大名たちから付け届けをもらって、頼みごとを家斉へと取り次いだ。実父をつうじてとなれば、さすがに拒絶もできず、家斉はしぶしぶ言うことをきかされていた。

「これをお許しいただければ、今後、大名たちの取り次ぎはいたさぬと誓いまする」

悪びれた風もなく、治済が宣言した。

「まことか」

「上様に対し、嘘偽りなど申すはずもございませぬ」

治済が首を振った。

「申せ」

「お咎めをお止《や》めくださいますよう」

「…………」

なんのと家斉は聞き返さなかった。

「父を頼ったか」

一層《いっそう》家斉が、表情を厳しくした。

「いかがでございまするかな」

考えこんだ家斉を治済は促した。

「民部卿から願われれば、いたしかたあるまい。約定《やくじょう》さえ違《たが》えねば、よかろう」

「かたじけのうございまする。一橋の名前にかけて、二度と上様へ願いごとをせぬと誓いまする」

仰々《ぎょうぎょう》しく、治済が述べた。

「もうよいな。下がれ」

不愉快そうに家斉が手を振った。

「越中守を呼べ」

治済の姿が見えなくなったのを確認して、家斉が命じた。

「参りましてございまする」

すぐに松平定信が姿を見せた。

「先ほど父が参っての」

「はい、そこでお背中を拝見つかまつりました」

「許してやれと言ったわ」

「……許してやれでございまするか」

松平定信が表情を引き締めた。

「うむ。それしか申さなかったわ」

「ほう」

人払いも忘れて、二人が話した。

「越中が宥《なだ》めたのではなかったのか」

「はい。わたくしが手中にしたはずでございまするが……」

言いかけて松平定信が止めた。

「二股《ふたまた》をかけられましたようで」

頬をゆがめて、松平定信が嘆息した。

「すがる手は多いほうがよいか」

「もしかすれば、わたくしども以外にも声をかけているかも知れませぬ」

首肯した家斉へ、松平定信が付け加えた。

「それはなかろう」

家斉が否定した。

「今のところ、父以外に、願いをあげてきた者はおらぬ」

「伊賀へ罰を与えるとなれば慣例からして午後から。助けを願うには、昼過ぎまでに手を打たねばなりませぬ。今が刻限《こくげん》でございます」

松平定信が理解した。

「しかし、よいのか。父のことだ。なにを命じるかわからぬぞ」

「わたくしを……」

「…………」

無言で家斉がうなずいた。

「大事ございませぬ。これほどわかりやすいまねをしてくだされば、かえって安心でございまする。あいにく、それほど簡単なお方ではございませぬ」

「よいのか」

「なによりわたくしを今どうにかしたところで、あのお方の得になることなどございませぬ。単に恨みを晴らすだけでしかありませぬ。そんな単純なことで満足はなさいますまい」

一橋治済と松平定信の仲が悪いことは、江戸城にいる者全部が知っている。

「そうだろうが、安心してよい話ではない。それこそ、どこで伊賀者を使ってくるか。ややこしいことになった。これならば、潰しておくべきであったかの」

家斉が大きく嘆息した。

竹の封印を解かれて、数日ぶりに立花家の大門が開かれた。

「うおっ」

門番は、外を見て驚愕した。

「奥右筆組頭さまは、ご在宅か」

面会客が列をなしていた。

「いい加減なものだ」

来客を告げられた併右衛門が苦笑した。

併右衛門が謹慎を命じられた間は、誰一人見舞いの使者さえよこさなかった。表向きは謹慎で、客と会うのは遠慮すべきとされているが、その実抜け道はある。勝手口からなかへ入らず手紙や品物を渡すだけならば、目こぼしされるのだ。

そんなこともせず、ただ、無罪となったとたん、誼《よしみ》を結びなおそうとして贈りものをもってやってくる。あきれて当然の行為であった。

「ならば、お断りになられませ」

瑞紀が憤然《ふんぜん》と言った。

「いや、会う。会うことで、儂がなんの咎めも受けていないと見せる。このまま追い返せば、なぜ会わないのかとその理由を詮索《せんさく》する。それ以上に、憶測が飛ぶことになりかねぬ。みょうな噂を拡げられては、面倒だ」

併右衛門が嘆息した。

「お一人ずつ、お入りいただけ。そなたは下がっておるように。そのような目つきで客を睨みつけられては、困る」

「はい」

諭《さと》されて瑞紀が、台所へと戻った。

師範代《しはんだい》という役目を請け負っている衛悟に、休みはない。立花家で縁組の話をすませて、衛悟は道場へと出た。

「これまでとする。道場の掃除、道具の片付けをいたして、帰れ」

大久保典膳が手をあげた。

茶碗や箸を使った後洗わぬ者はいない。涼天覚清流《りょうてんかくしんりゅう》で、道場の床掃除や道具の片付けを嫌がる初年の者をいさめるのに用いる言葉である。師範代であろうが、弟子には違いないと、衛悟も手伝った。

「ご苦労であった」

あるていどの人数がいれば、広い道場といえども、掃除は簡単に終わった。

「お先に失礼いたしまする」

帰っていく弟弟子たちを見送った衛悟は、道場奥にある大久保典膳の居室へと向かった。

「ご苦労であった。昼餉にしよう」

「はい」

独り者の大久保典膳は、己の身のまわりのことは大概《たいがい》やってのける。しかし、師匠に食事の準備をさせるわけにはいかない。衛悟は台所へ立った。

「朝の残りの汁がある。それに火を入れて……あとは漬けものでよいな」

「承知いたしました」

衛悟は熾火《おきび》となっている竈《かまど》へ、あらたな薪《まき》をくべ、火吹き竹《ひふきだけ》をくわえた。

「よし、食べるぞ」

さして手間もかからず、昼餉の用意は調《ととの》った。

「ちょうだいいたしまする」

箸を手にして、衛悟は冷や飯を口に運んだ。

「衛悟よ」

食事中の会話は礼に反するが、大久保典膳はそのようなことにこだわらなかった。

「はい」

「なにかあったのか。昨日とはずいぶん感じが違う」

大久保典膳が違和を口にした。

「……じつは、養子の行き先が決まりまして」

口に入っていたものを飲みこんでから、衛悟は答えた。

「ほう。めでたいではないか。どこにと訊いてもよいか」

茶で喉《のど》を湿らせながら、大久保典膳が述べた。

「はい、隣家の立花でございまする」

婿入りが決まった以上、敬称をつけるのはおかしい。衛悟は呼び捨てにした。

「おぬしが警固を務めている家じゃな」

「はい」

すぐに大久保典膳が理解した。

「よいのか。襲われるだけの理由がある家なのであろう」

大久保典膳が問うた。

「家を背負うのは、重いぞ。先祖が得たものを減らさず、子孫へ伝えていかねばならぬ。家禄を離れた者を侍とはいわぬ。主君なき武家は、浪人でしかない。職を持たず、責もない、ただその日にあるだけ。そうならぬためには、耐えがたきを耐えねばならぬ。意を屈するときもでてこよう。今まで以上に、刀を抜くことへの自制が求められる。主君が刀をむけてきたならば、黙って斬られねばならぬ」

「…………」

無言で衛悟ははっきりとうなずいた。

「そうか。覚悟はできておるようだの。ならば、祝おう。めでたいの」

「ありがとうございまする」

師の祝意に、衛悟は頭を下げた。

「ならば、師範代を続けてはおれまい」

「いえ。婚姻は、諸事情により、少し先となりまする。聖《ちから》が戻って来るまで、務めさせていただきまする」

衛悟は言った。

前の師範代だった黒田藩《くろだはん》小荷駄《こにだ》支配《しはい》上田聖《うえだ》は、藩主の国入りの供として、福岡まで出かけており、江戸へ帰ってくるのは、来年の四月であった。

上田聖不在の間、衛悟は師範代の役目を預かっただけであった。

「そうしてくれると助かる」

ほっとした顔で大久保典膳が、食事を再開した。


食事を終えた衛悟は、何日かぶりにのんびりと両国橋《りょうごくばし》を渡っていた。一日休みをもらった併右衛門は、屋敷から出ない。当然、下城してくる併右衛門の出迎えもしなくてよくなった。

衛悟は、久しぶりに律儀屋《りちぎや》の団子《だんご》を食うため、深川《ふかがわ》へと足を運んだ。

一串五個五文だった団子が、四文銭の登場で四文へ値下がり、代わって一個減った。そのとき値段は下げても団子を減らさなかった店が、律儀だと人気を集めた。かつて貧乏旗本の次男として、小遣い銭にも苦労していた衛悟にとって、一串で一個の差は大きく、道場の帰り、わざわざ橋を渡ってまで、食べに行っていた。

「団子を二串と茶を頼む」

注文をすませ、床机《しょうぎ》へ腰掛けた衛悟は、目の前で笑う馴染《なじ》みの顔に気づいた。

「お控えどの、また団子でございますかの」

「覚蟬どの、あなたも同じでございましょう」

言われた衛悟も笑った。

覚蟬は浅草《あさくさ》の裏長屋に住む願人坊主《がんにんぼうず》であった。願人坊主とは寺へ属さず、己で書いたお札などを配り歩き、一文、二文の喜捨をもらう、香具師《やし》に近い怪しげな者である。衛悟とは、律儀屋で何度も会い、そのうち親しくなった。

「どうやら、無事にすんだようでございますな」

団子を口にしながら、覚蟬がうなずいた。

「なんのことでござろうか」

衛悟が首を傾《かし》げた。

「お隣の立花さまのことでございますよ」

笑顔を消して、覚蟬が答えた。

「ご存じだったので」

「庶民の噂というのは、かなり早く、そして正確なものでございますよ。とくに江戸城での刃傷ともなれば、皆一様に知りたがりますゆえな。なにせ、庶民が足を踏み入れられぬところ、いわば雲の上のできごとでございますのでな」

「さようでございましたか」

聞いて衛悟は納得した。

「おかげさまをもちまして、立花にかけられておりました濡《ぬ》れ衣《ぎぬ》は晴れ、さきほど正式に謹慎が解けましてございまする」

「それは重畳《ちょうじょう》……立花……」

呼び捨てに覚蟬が反応した。

「婿になられたのでござるか」

「まだ婚姻をなしてはおりませぬが、約束だけ」

聡《さと》い覚蟬へ衛悟はうなずいた。

「おめでとうございまする。いやあ、拙僧は思っておりましたぞ。お控えどの、いや、もうこの呼びかたは止めねばなりませぬな。婿どのは、いずれ大きく羽ばたいて行かれると。いやあ、めでたい」

歯の抜けた口を大きく開いて、覚蟬が祝を述べた。

「ありがとうございまする」

「貧乏な願人坊主でございますからな、品物やお金を差しあげることはできませぬが……佳《よ》きご縁談を心からお祝い申しまするぞ」

「…………」

あたりはばからぬ大声に、衛悟は照れた。

衆目を集めた衛悟は、あわてて団子を片付けた。

「覚蟬どのは……」

「最近、歳のせいか膝《ひざ》を痛めましてな。少し休んでから参りまする」

膝をさすりながら、覚蟬が言った。

「ならば、わたくしはこれで」

衛悟は律儀屋を後にした。

「武を取りこんだか、奥右筆組頭」

好々爺《こうこうや》とした表情から、一転して厳しいものへ変えた覚蟬が呟いた。

「しかし、奥右筆を潰せるこの機を逃すなど、松平越中守は何を考えておるのやら。我らの流した毒、足りなかったか」

先日、密かに松平定信と面談した覚蟬は、十二代将軍の座を欲するならば、寛永寺が力を貸すと誘いをかけていた。

「危難を乗りこえた奥右筆組頭は、老獪《ろうかい》さに磨《みが》きがかかったはずじゃ。手強《てごわ》くなるな」

覚蟬が立ちあがった。

五

併右衛門のもとを訪れた客たちの姿が消えたのは、すでに夜五つ（午後八時ごろ）近かった。

「腹がすいたな」

休息もとらず、来客の対応をしていた併右衛門は、空腹に顔をしかめた。

「夕餉《ゆうげ》のご用意は整っておりまする」

すぐに瑞紀が膳を用意した。

「尾頭付きでござるか」

相伴《しょうばん》を許された衛悟は、目を見張った。

「お祝いごとでございましょう。立花家の謹慎が解けましたのは」

「まさに」

瑞紀に諭された衛悟が、うなずいた。

「赤飯までは手がまわりませなんだ」

申しわけなさそうに、瑞紀が詫びた。赤飯を炊《た》くにはかなり手間がかかった。

「かまわぬ。では、食べようか」

併右衛門の合図で夕餉は始まった。

「少しですが、お祝いでございますので」

瑞紀が片口を持ち出した。

「酒か」

「はい」

「久しぶりよな」

盃を併右衛門が差し出した。

「形だけでございますよ」

「わかっておるわ」

釘を刺された併右衛門が苦笑した。

奥右筆組頭という役目は、政の枢要《すうよう》でもある。酔ってできるものではなかった。また、酒の気などを漂わせて登城すれば、それこそ目付が黙ってはいない。

「人の噂も七十五日という。まあ、三月くらいは目立たぬようにせねばの。儂は今、目を集めすぎておる」

一杯だけ飲んで、併右衛門は盃を伏せた。

「衛悟さまも」

瑞紀が片口を差し出した。

「かたじけないが、止めておきましょう」

衛悟は首を振った。

「好事魔多し。無事に婿入りするまで、酒は断ちましょう」

「まあ」

さっと瑞紀が頬を染めた。

「親の前で娘を口説《くど》くな」

併右衛門が、文句をつけた。

「そのようなつもりは……」

「殿さま」

夕餉を家士がじゃまをした。

「どうした」

「ご来客でございまする」

「このような刻限にか。どなただ」

「津《つ》の藤堂さまがご家中と仰《おお》せられておられまする」

「藤堂さまか。なにか、頼みごとか。無理をなさっておられるからの」

「無理でございまするか」

衛悟が訊いた。

「うむ。藤堂家は何代かにわたって本家の跡継ぎが早死にしてな。分家から本家へ還るのが続いている。一回くらいならばいいのだが、繰り返すとの、分家の家臣たちが本家へ口出ししたりしだす。また、本家の家臣は殿さまを分家の出として侮《あなど》る。こうなれば藩中がもめ、なにかと面倒が起こるのだ。御上に知られれば、いかに幕府の信頼厚い藤堂といえども、なにかしらの咎めがある。それを隠したいのかも知れぬ。わかった、客間へ案内いたせ」

「承知いたしましてございまする」

家士がさがっていった。

「気にせず続けておけ」

「はい」

答えた衛悟を置いて、袴《はかま》を身につけた併右衛門が出て行った。

藤堂家の使者は、立派な身形《みなり》をした初老の侍であった。

「用人、井上権左衛門《ごんざえもん》にございまする」

客間へとおされた井上が平伏した。

大名家の重臣としてどれだけ多い禄高《ろくだか》をもらっていても、陪臣《ばいしん》でしかない。旗本である併右衛門より格下であった。

「奥右筆組頭立花併右衛門でござる」

「夜分にもかかわらず、お目通りいただき感謝いたしまする」

「お気になさらず、で、ご用件は」

構わないと許した舌の根も乾かぬうちに、併右衛門は急《せ》かした。

「じつは……」

井上が語り始めた。

藤堂家は、戦国武将高虎《たかとら》を祖とする外様大名である。最初織田信長《おだのぶなが》の甥信澄《おいのぶずみ》に仕え、豊臣秀長《とよとみひでなが》、秀保《ひでやす》、秀吉《ひでよし》と主を変え、最後に徳川家康へ臣従《しんじゅう》した。忠誠犬馬のごとしとまで言われ、別格譜代《ふだい》として家康から信頼を寄せられた。築城の名人としても知られ、津三十二万三千石の初代となった。

藤堂ほどの大藩となれば、ただの使者でも一人で来ることはなかった。立花家の狭い玄関前に一人の供侍《ともざむらい》と三人の中間《ちゅうげん》が待っていた。

「そろそろよかろう」

供侍が呟くように言った。

「吾はこのまま玄関から押し通る。おまえたちは庭から回れ」

「おう」

中間たちが首肯した。

「伊賀の恨み、思い知らせるぞ」

脇差《わきざし》を抜いて、供侍が玄関へと駆けた。

「なにをなさる」

門番が供侍を止めようとした。

「じゃまするな」

供侍が、門番を蹴り飛ばした。大きな音がして、門番が吹き飛んだ。

「殺気」

玄関での異変に、まず衛悟が気づいた。

「瑞紀どのは、早く奥へ」

衛悟は腰から外していた太刀を左手に摑《つか》んで併右衛門の居室を出た。

「騒がしいな」

話を聞いていた併右衛門も、騒ぎで気づいた。

「奥右筆組頭、立花併右衛門」

低い声で井上が呼んだ。

「なに」

呼び捨てられた併右衛門が、眉《まゆ》をひそめた。

井上が脇差を抜いた。

「衛悟」

併右衛門は、出されていた茶碗を投げつけ、大声で叫んだ。

「ちっ」

茶碗を避けた井上が叫んだ。

「伊賀に手出しをしたこと、死んで後悔するがいい」

居室と客室は二間しか離れていない。併右衛門への一言が、井上の貴重なときを失わせた。併右衛門が後ろへ下がった。

「おうりゃあ」

襖を蹴り飛ばして、衛悟は客間へ飛びこんだ。

「ちっ」

立ちあがった井上が、併右衛門への追撃をあきらめた。

「伊賀者だ。気をつけろ」

床の間を背にした併右衛門が注意した。

「死ね」

井上がすばやく手裏剣《しゅりけん》を懐《ふところ》から抜き出した。

「この距離で……」

いくら客間とはいえ、十畳ほどしかないのだ。手裏剣を投げるための動作を許すほど衛悟は甘くなかった。

一歩で間合いを詰めた衛悟は、太刀を片手薙《かたてな》ぎに抜き撃った。肩の傷で衛悟はまだ満足に涼天覚清流の太刀を使えなかった。

「なんの」

背後へ跳んで一撃をかわした井上だったが、手裏剣を投げる余裕はなくなった。

「何の恨みがあるというのだ」

併右衛門が問うた。

「きさまは、伊賀の過去を暴こうとした」

「伊賀の過去だと」

言われて併右衛門は首をかしげた。

「大奥の調べをするため、お広敷伊賀者のことは調べたが……」

「なにっ」

井上が絶句した。

「伊賀を探っていたのではないのか」

「主眼ではなかったな。まあ、どちらにせよ、大奥で上様が狙われたのだ、徹底して調べたではあろうが」

「やぶ蛇か」

「こちらにとっては、ありがたいがな。苦労をいろいろさせられたが、これで大奥での一件、背後にいるのは、伊賀とわかった」

「…………」

口を閉じた井上の表情が般若《はんにゃ》のようにゆがんだ。

「えいっ」

衛悟は太刀を下段から斬りあげた。

「……くっ」

さらに後ろへ井上が逃げた。

「覚えておれ」

井上が背を向けた。

「追え、衛悟」

併右衛門が命じた。

「…………」

無言で衛悟は、併右衛門の側《そば》へ戻った。

「どうした」

「藤堂家の使者は一人ではなかったはずでございまする」

衛悟は、床の間へ併右衛門を押しつけた。

床の間は三方を囲まれている。前方だけに気をつけていれば、不意打ちを喰《く》らうことはなかった。

「ここにおられれば、安心でございまする」

「ならば、おまえから倒すまで」

廊下から新しい敵が手裏剣を投擲《とうてき》した。

「…………」

衛悟が太刀で弾く隙に、伊賀者が突っこんできた。

「しゃああ」

脇差をまっすぐに出し、衛悟目がけて来た。

「ふん」

衛悟は持っていた太刀をそのまま振るように投げた。

「なにっ」

得物《えもの》を捨てるとは思わなかったのか、伊賀者が足を止めて、飛んできた太刀を払った。

「やあああ」

太刀の後を追うように出た衛悟が、脇差を左手だけで鞘走《さやばし》らせた。

「ぎゃ」

腹を割《さ》かれた伊賀者が倒れた。

「おのれっ」

一度退いた井上が、襖の陰から併右衛門の前を離れた衛悟の隙を襲った。

「させるか」

衛悟は居合いを使った勢いにのせて、身体を回し、その流れのまま脇差まで投げた。

「えいや」

併右衛門へ斬りつけようと脇差を振りかぶったことでがら空きとなった井上の右脇腹へ、衛悟の刀が吸いこまれた。

「かふっ」

肝臓《かんぞう》を貫かれた井上が、声にもならない悲鳴をあげて絶命した。

「大丈夫か」

併右衛門が問うた。

「はい」

太刀を拾った衛悟が、光に透かして嘆息した。

「ゆがんだか」

刀身を叩《たた》かれた太刀は、微妙に曲がっていた。太刀をあきらめた衛悟は、脇差を井上から抜いた。溜《た》まっていた血液が噴き出したが、すぐに勢いを失った。

「ふう」

床の間から出ながら併右衛門が安堵《あんど》のため息をついた。

「きゃあ」

二人の耳に瑞紀の悲鳴が届いた。

「瑞紀」

「……瑞紀どの」

衛悟は走った。


庭へ回った伊賀者三人は、縁側の雨戸を蹴破るとなかへ侵入した。

「くせ者」

居間で二人の帰りを待っていた瑞紀が叫んだ。

「ここは娘だけか。どうする」

「殺せ。伊賀にたてついた者の血は絶やさねばならぬ」

「よし」

三人の伊賀者が一瞬で意志を統一した。

中間の三人が腰の木刀をひねるとなかから白刃が現れた。仕込みであった。

「死ね」

「そちらこそ」

瑞紀へ刃《やいば》を向けようとした伊賀者三人が固まった。

「なにやつ」

「うるさい」

誰何《すいか》する伊賀者の首に手裏剣が突き刺さった。

「そこか」

声もなく倒れる仲間へ一瞥《いちべつ》もくれず、別の伊賀者が対応した。天井板へ向けて、手にした棒手裏剣を投げた。天井板が割れ、影が落ちた。

「しゃ」

残った伊賀者が、落ちた影へ仕込みをたたきつけた。

「あほう」

影ではなく天井裏から嘲《あざけ》りが聞こえた。

「なにいい」

上を向いた伊賀者の顔に手裏剣が生えた。

「ごふっ」

伊賀者が血を吐《は》いて絶息した。

「変わり身か」

最後の一人となった伊賀者が、目を落とした。

落ちた影は中身のない着物であった。

「確認するな。敵を倒しもしないうちに他所見《よそみ》とは、それでも忍か」

あきれた声とともに影がふたたび落ちてきた。

「…………」

無言で最後の伊賀者が仕込みを振った。

「惜しかったな」

軽々と避けられ、仕込みは空を斬った。

「ちっ」

伊賀者が背を向けた。

「判断が遅い。逃げるのならば、二人目が死んだときだ」

一息で伊賀者へ追いついて、背中へ忍刀を突きとおした。

「ぐはっ」

最後の伊賀者が崩れた。

「きゃあ」

情け容赦ない一撃に、耐えていた瑞紀が悲鳴をあげた。

「おのれは……」

そこへ衛悟と併右衛門が駆けつけた。

「冥府防人」

併右衛門が息を呑んだ。伊賀者たちをあっさりと葬《ほうむ》ったのは冥府防人であった。

「お庭番の守りが外れたかどうかを見に来てみれば、これだ」

「……お庭番の守りだと」

「気づいていなくて当然だな。お庭番はただ見ているだけだったからの、向かいの屋敷の屋根からな」

冥府防人が指さした。

「まあ、さすがのお庭番も伊賀とぶつかって、人手が足らなくなったのだろうが」

血濡《ちぬ》れた忍刀を冥府防人が振った。

「ひさしぶりだ柊。立ち合え」

冥府防人が気分を変えるように言った。

「右肩の傷はまだ治っておらぬよな」

「……………」

黙って衛悟は冥府防人をうかがった。

「涼天覚清流は両手の力だけではなく、全身を使い一撃必殺の剣をくりだす。ならば、片手しか使えなくなったとき、どうするのか。それが見たい」

冥府防人が述べた。

「応じる義理はないぞ」

「その娘を救ってやったのだ。礼をしても罰《ばち》は当たるまい」

すっと冥府防人の目が細められた。

「わかった」

冥府防人の瞳に宿った殺気に、衛悟は気づいた。断れば、最初に併右衛門か瑞紀が襲われる。

「よせ、衛悟」

「衛悟さま」

二人が止めた。

「…………」

無言で首を振った衛悟は、庭へ出た。

「これを使え」

併右衛門が居室の床の間から太刀を取り、投げた。

「かたじけなく」

受け取って衛悟は、太刀を抜いた。

「ほう。おもしろい構えだな」

見た冥府防人が目を大きくした。

衛悟は、左手で太刀の鍔《つば》近くを持ち、切っ先を天へと向けた。

青眼は攻守に応じた便利な構えである、だが、どちらかと言えば、守りに主眼を置いていた。どのような攻撃が来ても、青眼からならば、潤滑《じゅんかつ》に対応できる。上下左右どれにでも、太刀をわずかに動かすだけですむ。だが、攻撃に出るのには、太刀を振りかぶるか、わきに退くか、下段に垂らすかの一挙動が要《い》る。それだけ切っ先の出が遅くなる。左右両手でもってさえそうなのだ。左手だけで重い太刀を扱えるときは短い。どうしても一撃必殺でなければならなかった。何合も撃ち合う余裕はない。

「胴がら空きだな」

笑いながら冥府防人が言った。鍔元を左手で握り、まっすぐに切っ先を上に向ければ、当然胴へ隙が生まれる。

「それは誘いか。ならばのってやろう」

冥府防人が間合いを削って来た。

「しゃっ」

鋭い横薙ぎを繰り出す。

「ええええい」

後ろに下がって避けるのではなく、衛悟は前へ踏み出した。そのまま左手だけの太刀を袈裟懸《けさが》けに落とした。

衛悟の一撃が、冥府防人の首根に届く寸前、火花が散って太刀が止められた。

「肉を切らせて骨を断つ」

冥府防人の忍刀が、衛悟の太刀を受けていた。

「だめだな」

「……ああ」

衛悟は首肯した。

「左手の力が足りておらぬ。吾の一撃は、おまえを殺したが、柊の一刀は、傷をつけるだけ。首根の血脈を断つにいたらぬ」

忍刀で衛悟の太刀を跳ね返しながら、冥府防人が告げた。

「まあ、暇つぶしにはなった」

冥府防人が間合いを空けた。

「伊賀者はしつこいぞ。気をつけるのだな」

一瞬闇を濃くして冥府防人が消えた。

「なんなのだ、あいつは」

理解できないと首をかしげる衛悟に、瑞紀が抱きついた。


八丁堀白河藩上屋敷の奥、寝所へ松平定信は十年ぶりに女を呼んだ。

「蕗と申しまする」

髪を解かれ、白い浴衣《ゆかた》に身を包んだ女が、寝所下の間で平伏した。

「美しいの。近う寄れ」

松平定信が招いた。

「ご免くださいませ」

夜具の片隅から蕗が身を滑らせた。

「お抱きくださいませ」

恥ずかしがっている体で、松平定信の胸へ顔を埋めた蕗が言った。

「他人目《ひとめ》をごまかすか」

首肯して松平定信が、蕗の浴衣をくつろがせた。

「ああ」

豊かな胸乳に触れられた蕗が、艶《つや》のあるため息を漏らした。

「伝言が一つ」

感極まった風で松平定信に身をすり寄せた蕗が小声で言った。

「ほう、一部の伊賀者が、掟《おきて》を理由に立花を襲ったと申すのだな」

蕗の胸へ松平定信が返答した。

「組頭が詫びをと申しておりました」

どのように糊塗《こと》しようとも、事実はいつか知れる。隠していて後でばれれば、信用を一気に失う。ならば、最初から頭をさげるのが得策と、藤林は松平定信に一件を蕗をつうじて報告したのである。

「伊賀の掟か……」

股《また》へと右手を伸ばしながら松平定信が呟いた。

「今後は厳しく止めまするゆえ、なにとぞ……」

「かまわぬ。続けさせよ」

詫びる蕗を松平定信が遮った。

「襲われ続ければ、心身共に疲労しよう。さすれば、我を貫くだけの気力もなくなる。奥右筆組頭の力、この度《たび》のことを見ても大きい。手にすれば天下さえ思うがまま。貸し一つ、大きいぞ、立花」

「そういえば……奥右筆の娘と警固の旗本が婚姻の約を交わしたとか」

蕗が思い出したように告げた。

「殿中刃傷で懲《こ》りたか。隣家の次男では連れていけぬところでも、娘婿となると入れることもある。ふむ……武を取り込んだ筆か」

いじる手を止めて松平定信が、思案した。

「奥右筆をくじけさせるのには、つごうが悪い。やはり武は引き離すべき」

松平定信が宣した。

「今更、婿の口をだしても遅い。となれば、別家させるしかないの。上様からの御諚《ごじょう》とすれば、いかに奥右筆といえども逆らえまい」

小さな笑いを松平定信が浮かべた。

「儂にはやり残したことがある。かと申して飾りものの将軍となるなど御免《ごめん》じゃ。幕府、いや徳川百年のため、今の政を変える力、老中筆頭、いや大老となる」

ふたたび松平定信が指を動かした。

「…………」

女の芯《しん》に触れられた蕗が、背筋を反《そ》らせた。

「ひさしぶりに力が満ちて来たぞ」

松平定信が大きく開かせた蕗の股を割った。

本書は文庫書下ろし作品です

|著者|上田秀人　1959年大阪府生まれ。大阪歯科大学卒。'97年小説CLUB新人賞佳作。時代小説を中心に活躍。歴史知識に裏打ちされた骨太の作風で注目を集める。著作に「織江緋之介見参」「お髷番承り候」（徳間文庫）、「勘定吟味役異聞」「目付鷹垣隼人正裏録」（光文社文庫）、「闕所物奉行裏帳合」（中公文庫）などのシリーズがある。また単行本『孤闘　立花宗茂』（中央公論新社）で第16回中山義秀文学賞を受賞、講談社創業100周年記念書き下ろし『天主信長　我こそ天下なり』（講談社）も大胆な解釈で評判に。講談社文庫では、本シリーズ「奥右筆秘帳」が抜群の読み応えと好評を博し、「この文庫書き下ろし時代小説がすごい！」（宝島社）のベストシリーズ第一位に輝く。府下で歯科医院を開業する歯科医でもある。

刃傷《にんじよう》　奥右筆秘帳《おくゆうひつひちよう》

上田秀人《うえだひでと》

講談社文庫

定価はカバーに
表示してあります

2011年6月15日第1刷発行

発行者――鈴木　哲
発行所――株式会社　講談社
東京都文京区音羽2-12-21　〒112-8001
電話　出版部（03）5395-3510
　　　販売部（03）5395-5817
　　　業務部（03）5395-3615

デザイン―菊地信義
本文データ制作―講談社プリプレス管理部
印刷―――大日本印刷株式会社
製本―――大日本印刷株式会社

Printed in Japan

ISBN978-4-06-276989-1

講談社文庫刊行の辞

二十一世紀の到来を目睫に望みながら、われわれはいま、人類史上かつて例を見ない巨大な転換期をむかえようとしている。

世界も、日本も、激動の予兆に対する期待とおののきを内に蔵して、未知の時代に歩み入ろうとしている。このときにあたり、創業の人野間清治の「ナショナル・エデュケイター」への志を現代に甦らせようと意図して、われわれはここに古今の文芸作品はいうまでもなく、ひろく人文・社会・自然の諸科学から東西の名著を網羅する、新しい綜合文庫の発刊を決意した。

激動の転換期はまた断絶の時代である。われわれは戦後二十五年間の出版文化のありかたへの深い反省をこめて、この断絶の時代にあえて人間的な持続を求めようとする。いたずらに浮薄な商業主義のあだ花を追い求めることなく、長期にわたって良書に生命をあたえようとつとめるところにしか、今後の出版文化の真の繁栄はあり得ないと信じるからである。

同時にわれわれはこの綜合文庫の刊行を通じて、人文・社会・自然の諸科学が、結局人間の学にほかならないことを立証しようと願っている。かつて知識とは、「汝自身を知る」ことにつきていた。現代社会の瑣末な情報の氾濫のなかから、力強い知識の源泉を掘り起し、技術文明のただなかに、生きた人間の姿を復活させること。それこそわれわれの切なる希求である。

われわれは権威に盲従せず、俗流に媚びることなく、渾然一体となって日本の「草の根」をかたちづくる若く新しい世代の人々に、心をこめてこの新しい綜合文庫をおくり届けたい。それは知識の泉であるとともに感受性のふるさとであり、もっとも有機的に組織され、社会に開かれた万人のための大学をめざしている。大方の支援と協力を衷心より切望してやまない。

一九七一年七月

野間省一